로크미디어가
유혹하는
재미있는 세상

ROK
MEDIA
로크미디어

상위 0.001% 랭커의귀환 5

2023년 6월 14일 초판 1쇄 인쇄
2023년 6월 19일 초판 1쇄 발행

지은이 유우리
발행인 강준규

기획 이기헌 왕소현 임동관 박경무 강민구 조익현
책임편집 김홍식
마케팅지원 이원선

발행처 (주)로크미디어
출판등록 2003년 3월 24일
주소 서울시 마포구 마포대로 45 일진빌딩 6층
Tel (02)3273-5135 **Fax** (02)3273-5134
홈페이지 rokmedia.com **E-mail** rokmedia@empas.com

© 유우리, 2023

값 9,000원

ISBN 979-11-408-0878-6 (5권)
ISBN 979-11-408-0799-4 04810 (세트)

CONTENTS

예지몽 (2)

약 123층에 다다르는 대한민국에서 가장 높은 건물. 로테타워의 정상에 선 강서준은 확 트인 주변을 둘러보고 있었다.

"어때요? 기억이 좀 나요?"

원래 일정대로라면 바로 아크로 향해야 했지만 조금 돌아가더라도 로테월드 쪽부터 향한 그들이었다.

시간이 흐를수록 잊혀질 양이 많아지는 꿈의 특성 때문이었다.

그나마 기억이 날 때 와야 한다.

"네, 이런 곳이었어요. 전 여기서 분명히……."

처음엔 신기해하기도 하며 무서워도 했던 카린은 금세 서울에 적응했다.

그녀는 로테타워의 전경을 둘러보더니 말했다.

"꿈속에서도 이렇게 높은 곳에 있었어요. 모든 것들이 불타오르고 있었죠."

아무래도 그녀가 봤던 장소가 여기가 맞은 모양이다.

깎아지를 듯이 높은 탑.

하나의 단서는 해석했다.

문제는 다른 정보들이 너무 막연하단 건데.

'불타오르는 하늘, 눈이 멀어 버릴 것만 같은 빛. 대체 뭘 본 거지? 어디 폭발이라도 일어났나?'

거기까지 생각했을 때였다.

"잠깐만요. 꿈에서도 이렇게 높은 위치였다고요?"

"……네. 아마 확실할 거예요."

그 말에 강서준은 로테타워에서 멀리 뻗어 나간 서울의 풍경을 내려다봤다.

우후죽순 솟아났던 건물들이 반쯤은 무너진 풍경이었지만, 이곳 로테타워보다 높은 건물은 없었다.

당연했다.

여긴 서울에서 가장 높은 곳이니까.

'근데 하늘이 불타올랐다고?'

보통 이렇게 높은 위치에서 무언가가 불타올랐다면 하늘이 불탔다고 표현하진 않는다. 불바다 혹은 불타는 땅 같은 단어가 더 어울릴 테니까.

'하늘이 불탔다. 잠깐······.'

강서준은 고개를 들어 하늘을 올려다봤다. 구름 몇 점이 떠 있는 푸른 하늘.

강서준은 불타는 하늘을 떠올려 봤다.

'만약 여기보다 더 높은 곳에서부터 시작된 불꽃이라면?'

멀리 하늘을 올려다보던 강서준은 그제서야 깨닫고야 만다. 어째서 이걸 이제야 알아봤을까.

강서준은 최하나에게 물었다.

"혹시 달의 표면까지 볼 수 있어요?"

고개를 끄덕인 최하나는 달을 올려다봤다. 그녀의 스킬 '매의 눈'은 이번에 전직하면서 S급이 되었으니, 달을 볼 수 있는지도 모른다.

잠시 집중하던 최하나가 말했다.

"······네, 보여요."

그리고 그녀도 강서준의 추측을 알아차린 듯했다. 아무렴 강서준보다 더 많은 걸 방금 봤을 거다.

최하나가 말했다.

"설마····· 예지몽이 말하는 게?"

낮달.

서울이 게임이 되기도 전에도 낮달은 종종 볼 수 있는 현상이었다. 하지만 지금 그가 올려다본 낮달은 그 의미가 남다를 것이다.

왜냐면.

"아무래도 달이 던전이 된 것 같아요."

달은 추락하고 있었으니까.

⁂

이후로, 아크에 돌아온 강서준은 링링을 만나 바로 긴급회의를 소집했다.

새로 얻은 정보의 사안이 시급한 것도 물론, C급 던전의 공략 소식과 여러모로 전할 것들이 많았기 때문이었다.

금방 사람들은 모여들었다.

"아아, 자리에 앉아 주세요."

박명석은 능숙하게 마이크를 쥐더니 말을 이었다. 시끌벅적하던 플레이어들이 대번에 입을 다물었다.

"오늘은 케이 님이 제안한 긴급회의입니다. 다들 아시죠? 이번에 C급 던전을 훌륭하게 공략하시고 금의환향하신 진짜 케이 님이십니다."

박명석은 몇몇의 사람들을 노골적으로 노려보며 입을 놀렸다. 특히 하르트를 강하게 지지하던 플레이어들이 그 대상이었다.

박명석은 씨익 웃었다.

"다들 뭐 하십니까?"

"……?"

"박수라도 쳐야 하지 않겠습니까."

하르트 팀원이었던 고렙 플레이어들은 마지못해 손뼉을 마주쳤다. 몇몇은 얼굴도 제대로 들지 못하는 상태였다.

그럴 만도 했다. 입이 열 개라도 할 말은 없겠지.

'하르트는 인간조차 아니었으니까.'

결국 이들은 몬스터에게 놀아난 건 물론, 컴퍼니의 하수인을 믿고 따르며 충성을 맹세했다.

트롤 짓도 이런 트롤 짓은 없지.

게다가 C급 던전이 공략되는 내내 그들은 감옥에 갇혀 잠만 잤다고 들었다.

얼굴을 제대로 들고 다니기조차 어려울 것이다.

"다들 C급 던전 공략 수고하셨습니다! 축하합니다!"

반면 강서준의 팀은 역전의 용사가 되어 있었다.

C급 던전을 공략하는 데에 중차대한 역할을 수행한 것부터 퀘스트를 독식하면서 엄청난 성장을 했다.

모든 스포트라이트는 그들에게 집중되어 있었다.

그리고 그중 한 명이 유난히 빛났다.

"케이! 케이! 케이!"

"와아아아아!"

금세 회의실은 환호성으로 가득 찼다. 입으로 휘휘 소리를 내면서 점차 분위기가 달아오르고 있었다.

그때였다.

츠츠츳.

링링이 앞으로 나서며 화려한 마법을 발동시켰다. 순식간에 눈을 휘어잡은 마법은 사람들의 입을 다물게 하는 효과가 있었다.

그녀가 말했다.

"됐고. 회의해야 돼. 입 다물어."

괜히 무안을 준 링링에게 하르트 팀원들이 은근슬쩍 고마운 시선을 보냈다.

순수하게 기뻐할 수만은 없었던 그들에겐 상당히 고역인 시간. 끊어 준 것만으로도 고마웠던 것이다.

'잘들 노네……'

여태 링링과 박명석이 어떻게 이 오합지졸을 이끌고 왔는지 그 면모가 보이는 장면이었다.

한쪽은 몰아세우고, 다른 한쪽은 부둥켜안고. 서로 역할을 돌아가면서 수행해 왔겠지.

어차피 하나로 뭉치기 힘든 사람들이라면 처음부터 나눠 놓고 적당히 조절하는 게 편하니까.

링링은 좌중을 돌아보며 말했다.

"좋은 소식과 나쁜 소식이 있어. 어느 쪽부터?"

하지만 대답을 원해서 물은 건 아닌 듯했다. 링링은 바로 좋은 소식부터 입에 담았다.

"리자드맨의 우물이 공략돼서, 그곳 음식을 먹을 수 있게 됐어. 식량난은 끝이야."

사람들은 환호성을 내지르고 싶은 기분을 삼켰다. 그간 골치를 썩였던 C급 던전 공략부터 식량난까지 해결됐으니 속이 시원해야 마땅하겠지만, 당장 그러긴 어려웠다.

"이제 나쁜 소식이야."

링링은 가볍게 좌중을 향해 핵폭탄을 던졌다.

"달이 떨어지는 것 같아."

"……네?"

너무 훅 들어온 말이었다. 사람들은 쉽게 받아들이지 못하는 얼굴로 링링을 바라봤다.

"그게 무슨 소리죠?"

"말 그대로야. 달이 낙하하는 중이라고."

링링은 스마트폰을 조작해서 달이 떨어지는 근거를 스크린에 띄웠다. 최근 아크를 비롯하여 서울 곳곳에서 벌어지는 기현상들이었다.

전조 증상들.

재난 영화의 도입부에서 볼 법한 것들이 현시점 서울 전역에서 벌어지고 있었다.

어쩌면 링링은 카린의 예지몽이 아니더라도 이 일을 알고 있던 건 아닐까 싶을 정도로 세세한 정보들이었다.

"……진짜입니까?"

"이렇게 증거가 널렸는데 자꾸 부정하는 게 병신이지."

게임이 된 세상에 불가능을 논하는 건 우스운 일이었다. 느닷없이 달이 떨어져도 하등 이상하지 않은 세계였다.

"충분히 가능해. 일명 달 던전이 B급을 앞두고 있다면 말이야."

종전까지 환호성을 내질렀던 것이 무색하게 사람들 사이로 무거운 적막만이 감돌았다.

하르트 팀, 강서준 팀······.

그런 구분도 이젠 없었다. 다들 벙 찐 얼굴로 스크린만 올려다보고 있었다.

그만큼 현실성이 없는 얘기였다.

달이 떨어진다니.

강서준도 믿기 싫었다.

하지만 링링은 다른 사람들의 태도가 어떠하든 신경조차 쓰질 않았다.

"다들 알다시피 B급 던전부터는 외부 환경조차 몬스터에 맞게 바뀌어. 훗날 B급 개체들이 밖에 나오기 편하도록 침식이 이뤄지는 거지."

그래서 C급 던전이 B급이 되면, 던전 외부에 재난이 일어나기 쉬웠다.

만약 리자드왕이 던전의 주인이 되었다면, 광화문 일대는 늪지대로 돌변했을지도 모르는 일이다.

'어떤 몬스터인지는 몰라도, 이번엔 운석이 충돌해야만 그 환경이 조성된다는 거겠지.'

얼추 관련 몬스터에 대한 정보는 머릿속에 있었지만, 속단하진 않았다.

여긴 드림 사이드 2니까.

누군가가 손을 들어 물었다.

"얼마나 남은 겁니까?"

"예상으로는 앞으로 한 달."

"……고작 한 달."

링링은 단호하게 말했다.

"한 달 안에 저 던전을 공략하질 못하면 우린 유례없는 운석을 맞이하게 될 거야."

그것이 카린이 본 예지몽의 진실이었다.

이후로도, 많은 논의를 거쳤다.

"우선 달을 공략하려면 달에 올라가야 해요. 이건 어떡하죠?"

"……나사(NASA)로 가 볼까요."

"그전에 그곳은 멀쩡하대요?"

달을 공략하는 건 둘째로 치더라도 그곳까지 올라갈 우주선을 구하는 것부터 문제였다.

어디서 구해야 할까.

의외로 그건 박명석이 해결했다.

"우주선…… 들어 본 적 있어요."

"네?"

"멀쩡한지는 모르겠지만, 기밀로 가려진 한 무인도에서 남몰래 우주선을 제작 중인 걸로 알고 있어요."

국회의원인 그는 기밀 정보에 능했고, 현재는 국정원까지 관리하고 있는 입장이라 알게 된 정보라고 한다.

확인해 볼 가치는 있었다.

"그쪽은 박명석 당신이 맡아. 플레이어는 알아서 뽑아 가고."

"서준 씨는……."

"걘 안 돼."

"알고 있습니다. 그냥 해 본 말이죠."

박명석은 결국 이동이 빠른 멤버들 위주로 뽑았다. 그중 최하나가 선택되는 건 꽤 당연했다.

그녀는 소리 없는 암살자. 전직까지 마쳐 아주 유능한 전투원이었다.

만약의 사태도 대비할 수도 있었다.

"그럼 거긴 그렇게 마무리하고."

당장 달 하나에 집중하기도 모자란 형편이었지만, 공교롭게도 아크엔 당장 발에 치이는 문제가 많았다.

전부 가만히 놔둘 수 없는 것들.

그중 가장 골칫거리는 아무래도 서울 전역에 기승을 부리는 '죽음의 화원'이었다.

"케이가 가져온 정보로는 이 근처에만 일곱 개나 있어. 그쪽 공략 안 하면 어떻게 되는지 알지?"

그리드를 누가 모를까.

전염병을 막기 위해서는 아크에서도 특별한 공략 팀을 구성해야 했다.

마법사 위주로 나서는 게 좋았다.

식물들은 불 질러 버리는 게 최선이니까.

"거긴 나랑 근육 바보가 맡을게."

나도석이 잠깐 발끈했지만 신경조차 쓸 링링이 아니었다.

한편 링링이 선뜻 죽음의 화원 공략에 나서기로 한 건 의외였다. 일곱 개나 되는 던전을 돌아야 하는 강행군이었다.

그 시간 동안 아크엔 링링과 박명석 둘 다 없게 되는 꼴인데.

"당분간 봉쇄령을 유지할 거야."

강서준이 C급 던전을 공략하는 동안 링링은 놀고만 있지 않았다는 듯, 봉쇄령의 마법진을 3구역까지 넓혀 놓은 상태였다.

하지만 불안한 건 어쩔 수 없었다. 다들 그런 눈치였기에 링링은 바로 답해 줬다.

"걱정 마. 여긴 얘가 지킬 테니까."

링링의 말에 회의실로 들어온 건 의외로 지상수였다.

"잭이랑 오대수 씨가 아크를 맡는다. 이견 있어?"

없었다.

지상수는 고등학생에 불과했지만, 천외천이었다. 그것도 던전 상인 '잭'은 현재의 아크에도 꽤 유명했다.

사실상 아크의 재정 상태나 식량 사정이 나아지기 시작한 건, 잭의 전철이 아크를 오간 이후부터니까.

최근엔 진짜 전철처럼 플레이어들을 던전으로 이송시켜 주고 돈을 받아먹고 있다던데.

아, 은행도 한댔지.

'설마 저런 놈에게 돈을 빌리는 멍청이들이 있진 않겠지.'

지상수의 등장과 함께 몇몇 안색이 검게 죽어 버린 사람들이 있었지만 신경 쓰진 않기로 했다.

어쨌든 지상수와 오대수 조합이라면 아크도 문제없었다. 경찰인 오대수는 리더십이 있으며 현명한 사람이니까.

링링은 차분하게 말했다.

"다들 정신 똑바로 차려. 당장 세력 다툼 따위를 할 만큼 한가하지 않으니까. 어찌 보면 리자드맨 따위보다 훨씬 위험하다고."

달이 추락한다는 건 '종말'을 논해도 할 말이 없다. 레벨이 높은 플레이어들이야 살아남겠지만 그들의 터전은 초토화되고 말 테니까.

아크의 주민들? 생존은 결코 장담할 수 없다.

'유사시엔 리자드맨의 우물이 도피처가 되어 주겠지만……'

그건 최후의 일이다.

아무도 서울이 폐허가 되길 원치 않았고.

할 수만 있다면 막을 것이다.

그리고 그때였다.

문득 회의에 집중하던 김강렬이 손을 들어 물었다.

"저…… 그럼 강서준 님은요?"

"응?"

"강서준 님은 어느 쪽으로 향하죠?"

링링이 말했다.

"앤 따로 할 일이 있어."

따로 할 일

─오늘도 저희 열차를 이용해 주셔서 감사합니다. 내리시는 문은 오른쪽입니다.

실로 오랜만에 듣는 방송이었다.

강서준은 꽤나 능숙하게 하차를 안내하는 신우현을 바라봤다. 코볼트에서 사람으로 돌아왔음에도, 그는 유령열차에 남아 있었다.

스스로 자원했다지.

"강서준 님이 하차하시는 곳이 여기 강남역이었죠?"

"네. 여기까지 데려다줘서 고마워요."

"뭘요. 강서준 님이 아니었으면 전 이렇게 살아 있지도 못했는걸요."

은혜를 갚는다나 뭐라나. 그는 진심으로 감사한다면서 인벤토리에서 뭔가를 주섬주섬 꺼내었다. 꽤 다양한 주전부리였다.

"제가 드릴 수 있는 게 이런 것밖에 없지만…… 늘 감사하게 생각하고 있습니다."

강서준은 쓰게 웃으면서 그가 건넨 가방을 받아 들었다. 사람의 순수한 호의는 거절하는 건 예의가 아니었다.

게다가 꽤 먹음직스럽지 않은가.

'매운 새우칩, 감자링, 푹신한 초코칩…….'

어디서 들었는지 모르겠지만 강서준이 평소 즐겨 먹던 과자들로만 구성되어 있었다. 모든 공장이 멈춰 버린 현시점에선 너무나도 구하기 어려운 제품들이었다.

"부디 몸조심하십시오."

그렇게 고마운 선물까지 받으면서 강남역에 하차한 강서준이었다.

의외로 뻥 뚫린 전경이 그를 반겼다.

강남인데도 빌딩 하나 없다니.

다시 봐도 이질적이기만 한 풍경이었다. 뒤따라 내린 오가닉도 낮게 탄식했다.

"허…… 놀랍군."

본래 아마존 같은 열대우림에서 살던 그였다. 이처럼 황량한 사막을 보는 건 처음이겠지.

'……그건 나도 마찬가지인가.'

서울 한복판에서 이렇듯 황량한 사막을 보게 될 줄이야. 강남역을 경계로 두고 완전히 다른 세상이었다.

이번 작전의 가이드로 따라나선 김훈도 한숨을 삼키며 말했다.

"처참하군요. 불과 두 달 전만 해도 강남역 인근까지는 멀쩡했었는데……."

강서준은 바닥에서 모래를 한 움큼 쥐어 봤다. 스르르 떨어지는 모래알은 잿빛을 띠고 있었다.

단순한 모래 알갱이가 아니었다.

"부식벌레로군요."

"……네. 역시 바로 알아보시네요."

부식벌레.

레벨 40의 E급 던전 몬스터에 불과하지만, 닿는 건 모조리 부식시키는 괴랄한 특징을 가진 몬스터.

강서준은 미간을 구기며 주변을 둘러봤다. 그 어디에도 빌딩, 아파트, 자동차 따위는 보이질 않았다.

당연하다면 당연한 일이다.

부식벌레는 닿는 모든 걸 부식시키니까.

'그렇다 해도 이만한 영향력이라…….'

어디선가 바람이 불어 잿빛 모래가 사방으로 흩날렸다. 터무니없지만 그 모래 속에는 건물이 있었고, 문화가 있었으며, 혹은 사람이 있었을 것이다.

그저 부식되어, 소멸했을 뿐이다.

강서준은 손에 묻은 모래알을 털어 냈다.

"가히 1급 재난 구역이 될 법하네요."

"네. 원래라면 접근조차 해선 안 될 금지입니다."

1급 재난 구역.

서울에 단 세 개밖에 없는 구역으로, 너무 위험해서 출입 자체를 금한 장소를 말했다.

그리고 그곳이 바로 강서준의 목적지였다.

김훈은 한껏 우려를 담아 강서준을 향해 말했다.

"강서준 님의 실력을 의심하는 건 아닙니다. 하지만 여긴 아직 입구조차 파악되지 못한 미발견 던전…… 1급 재난 구역입니다. 정말 괜찮으시겠습니까?"

그의 걱정을 이해 못 할 바는 아니었다.

이곳을 1급 재난 구역으로 선정한 이유가 뭐겠는가. 여긴 플레이어에게 안전한 장소가 단 하나도 없기 때문이었다.

'뻥 뚫려 있으니까.'

모든 게 부식되어 잿빛 모래만이 남은 땅이다. 반면 부식 벌레는 땅속을 기어 다니는 특징으로 언제 어디서 튀어나올지 모르는 일.

지형적으로 우선 불리함을 갖고 싸워야만 한다.

뭐? 고작 레벨 40짜리를 무서워할 게 뭐가 있냐고?

그야말로 모르는 소리다.

'벌써 두 달 전에 던전 브레이크를 일으킨 곳이야.'

E급 던전 몬스터가 바깥으로 빠져나왔다는 건, D급으로 진화했다는 방증.

모르긴 몰라도 두 달이 지난 D급 던전은 과연 현재는 어느 정도나 될까.

여태 미발견인 채로 말이다.

"어차피 지금이 아니면 더더욱 골치 아파질 뿐입니다. 언젠가 오늘을 후회하게 될 거예요."

던전은 빨리 공략해 둘수록 좋다. 특히 C급 던전으로 성장한 후부터는 공략 난이도가 급격하게 상승한다.

기왕이면 D급일 때 저지하는 게 최선.

"그건 압니다만, 기왕 공략할 거라면 플레이어를 더 데려왔어도 되잖아요. 아무리 그래도 우리 둘만으로는 좀…….."

강서준은 어깨를 으쓱이며 답했다.

"다들 바쁘잖아요. 한 달 뒤에 달이 떨어진다는데."

"여기도 그만큼 위험한 곳입니다만."

"괜찮아요 괜찮아. 김훈 씨는 가끔 보면 너무 걱정이 많아."

"……어쨌든 유사시엔 강서준 님을 데리고 공간 이동으로 빠져나갈 겁니다. 제가 함께 온 건 그 때문이니까."

"알겠습니다. 주의하죠."

강서준은 고개를 끄덕이며 잿빛 모래언덕으로 걸음을 옮겼다. 김훈도 더는 뭐라 하질 못하고 그 뒤를 따라왔다.

문득 강서준이 말했다.

"근데 착각하시는 게 있는데요."

"네?"

"던전 공략은 저 혼자 할 겁니다."

한 달 뒤에 도전해야 할 '달 던전'의 등급은 사실상 미지수였다.

운석으로 떨어질 예정이라면 B급 던전을 앞두고 있는 것 같으니, 아무래도 최소 C급일 터.

그렇다면 강서준은 레벨 업이 시급했다.

리자드맨 우물이야 여러 가지 요소가 겹쳐서 운이 좋게 빠른 공략을 해낼 수 있었지만.

그 운이라는 게 항상 그를 지켜 주진 않는 법이다.

'사실 내가 더 강했으면 공략은 달라졌을 거야.'

용의 인장을 차지하는 퀘스트를 수행하기 전에 '리자드왕'의 목을 따 버린다면?

자연적으로 승자는 정해진다.

던전에 시나리오가 있더라도 그걸 뛰어넘는 실력이 있다면 모조리 스킵할 수도 있는 것이다.

'그리고 달 던전 공략은 한 달도 안 남았지.'

사실상 여기서 달로 올라가는 시간을 제외한다면 공략 시간은 현저히 줄어들게 될 것이다.

한마디로 달 던전 공략이야말로 '스킵'이 상당히 중요했다.

링링도 그걸 알기 때문에, 강서준을 홀로 1급 재난 구역이라 불리는 '미발견 던전'으로 보낸 거겠지.

"경험치 양보 못 해요."

"……그런 의도로 한 말이 아니잖습니까."

강서준은 짓궂게 웃으면서 다시 걸음을 재촉했다. 사실 미발견 던전이라고는 했지만, 강서준에게 통용되는 이야기는 아닐 것이다.

['고룡이'가 남쪽에 차려진 '진수성찬'에 눈을 빛냅니다.]

그에겐 수백 m 떨어진 거리에서도 기가 막히게 냄새를 맡아 내는 흑룡 한 마리가 있었으니까.

"얼른 갑시다. 시간이 금입니다."

그렇게 강서준은 수많은 생명이 아스라진 잿빛 언덕을 가로질러 나아갔다.

* * *

쑤욱! 콰아앙!

던전 공략을 혼자 한다고 말하긴 했지만, 사실 전투 자체에 있어서 홀로 싸울 일은 없었다.

콰아아아앙!

"벌레 새끼들 주제에 감히 누구에게 이빨을 들이미느냐! 건방지구나!"

요란하게 소리치며 방망이를 휘두르는 도깨비 라이칸부터, 그 옆을 지키며 꼬리로 부식벌레를 양단하는 로켓.

"이놈들을 전부 쳐 죽이면 되나?"

맨주먹으로 부식벌레를 때려잡는 오가닉까지.

그에겐 셋의 백귀가 있었다.

'이젠 이들도 내 힘이야. 앞으로도 계속 함께할 테니, 합을 맞출 필요가 있겠지.'

그렇게 몇 번 전투를 펼쳐 보니 의외로 알게 된 사실도 있었다. 백귀는 전투를 통해서 저마다 개별적인 레벨 업을 한다는 것이다.

'내 레벨과 별개로 백귀도 따로 육성할 필요가 있는 거야.'

하기야 강서준의 레벨에 맞추어 백귀도 덩달아 강해지는 것이라면 너무 사기적일 것이다.

또한 그렇게 된다면 필요 경험치가 기하급수적으로 늘어날 가능성이 있으니 원하지도 않았다.

'내 레벨이 백귀에게 영향을 주는 건 오직 한계점을 만든다는 것뿐이야.'

초반에 강서준의 레벨에 백귀의 수준이 정해지는 것 말고는 그게 백귀에게 영향을 주는 전부였다.

'어쨌든 나도 노력해야겠네.'

약간 옆에서 경험치를 뺏어 먹는 하마를 기르는 기분이었지만, 강서준은 바닥에서 솟구친 부식벌레를 향해 재앙의 유성검을 꽂아 넣으면서 생각을 털어 냈다.

키아앗!

대략 1m나 될 법한 커다란 벌레 한 마리는 부르르 떨다 사망했다.

온몸을 마력으로 코팅해 뒀으니, 놈의 몸에 닿는 들 부식되는 일은 없었다.

본래 이놈들은 이렇게 사냥하면 된다. 그간 플레이어들이 이놈들을 감당하질 못한 이유는 마력을 제대로 쓸 줄 몰랐기 때문이니까.

[스킬, '파이어볼(F)'을 발동합니다.]

새롭게 튀어나오는 놈은 아예 불꽃으로 태워 봤다. 어떻게 된 몸인지 탈수록 쇠 냄새만 진동하고 있었다.

……지독하네. 불태워 죽이는 건 봉인해야겠다.

"그나저나 이 근처인데…… 입구는 어디에 있을까나."

['고롱이'가 눈앞의 '진수성찬'에 침을 질질 흘립니다!]

하지만 주변에 보이는 건 잿빛 모래언덕과 수시로 솟구치는 부식벌레가 전부였다.

그조차 백귀들이 크게 활약하며 숫자를 줄여 나가는 와중이었다.

'부식벌레의 수만 해도 이 근처에 던전 입구가 있는 게 확실한데.'

그렇게 두더지 잡기를 하듯 열을 올리던 백귀들의 사냥이 멈추기까진 오래 걸리지 않았다.

오가닉은 따분한 표정으로 손에 묻은 핏덩이를 털어 냈다.

"몸 풀기도 안 되는군. 싱거웠어."

그렇겠지.

200레벨의 초고렙 NPC였던 남자다. 이런 곳에서 40짜리 벌레나 때려잡게 될 거라 상상이나 했을까.

강서준은 쓰게 웃으며 그를 바라봤다. 한데 라이칸이 대뜸 두 눈에 쌍심지를 켰다.

"전부터 느낀 것이지만 네놈은 과하게 무례하구나. 어찌 왕께 자꾸 반말을 지껄인단 말이냐."

탁.

휘둘러진 방망이를 가뿐히 잡아낸 오가닉과 라이칸의 시선이 공중에서 부딪쳤다.

말하진 않아도 둘 사이에서 수많은 영혼의 교류가 느껴졌다. 그들의 영혼은 강서준에게 모조리 연결되었기 때문에 무슨 감정인지도 훤히 전달됐다.

오가닉이 강서준을 향해 물었다.

"존대를 원하는가?"

"……마음대로 해요. 백귀가 된 건 당신의 선택이었습니다. 존대까지 강요할 생각은 없어요."

오가닉이야 원래 그에게 반말을 하던 NPC였다. 예전부터 그랬던 상대가 똑같이 한들 불쾌할 이유는 없었다.

"흠…… 하지만 도깨비의 말도 일리가 있다. 누가 뭐라 해도 지금은 그대가 나의 주인이니."

오가닉은 빠르게 결론을 내렸다.

"당신이 먼저 내게 말을 놓아야겠어."

"……네?"

"언제까지고 주인에게 존대를 받을 순 없지. 그것부터 시작하자고."

진중한 눈빛에 강서준은 마지못해 고개를 끄덕였다. 대단히 중요한 문제는 아니었다. 편할 대로 하면 될 것이다.

"흐음…… 근데 주인. 그대의 몸이 가라앉고 있어."

강서준은 고개를 내려 바닥을 바라봤다. 언제부터인가 그가 선 땅이 푹푹 빠지고 있었다.

잿빛 모래 아래로 소용돌이라도 생긴 것 같았다. 로켓의 등에 앉아 있던 김훈이 화들짝 놀라며 외쳤다.

"……이럴 줄 알았다니까! 개미지옥이잖아요? 얼른 빠져나와요!"

개미귀신이 개미를 잡아먹기 위해 모래 속에 마련해 둔 일종의 함정.

개미지옥.

어느덧 강서준과 그 주변이 통째로 쑤욱 아래로 꺼지더니 그 중앙에 구멍 하나가 만들어졌다.

아마도 위험하겠지.

김훈이 공간 이동으로 강서준의 옆으로 다가오더니 말했다.

"제가 없었으면 어쩔 뻔했습니까."

왠지 뿌듯해하는 얼굴인데.

강서준은 쓰게 웃으면서 그가 내민 손을 거절했다. 미안한 일이었지만 아래에서 계속 뭔가가 움직이고 있다는 건 진즉에 알고 있던 일이다.

류안으로 그걸 못 볼까.

"그보다 마음의 준비나 하세요."

"네?"

"곧 던전으로 들어갈 거니까."

사방을 둘러서 찾을 수 없다면 던전의 위치는 불 보듯 빤하다.

경악하는 김훈을 붙들고 강서준은 도리어 개미지옥의 구멍으로 쏘옥 뛰어들어 갔다.

짧은 부유감 뒤로 그를 반기는 건 푹신한 모래언덕이었다. 김훈은 텁텁한 모래를 뱉어 내며 주변을 둘러봤다.

"여긴……."

머리 위로 모래가 계속 떨어지고 있었다. 믿기 어려웠지만 그는 지금 잿빛 모래언덕의 아래에 있는 것이다.

"……지하?"

당황도 잠시, 김훈은 빠르게 이곳이 어떤 곳인지 떠올렸다.

한동안 강서준과 그 동료들의 전투에 현혹돼서 잊고 있었지만, 여긴 서울의 그 누구도 접근을 금하는 '1급 재난 구역'이었다.

머릿속으로 경종이 울렸다.

'빠져나가야……!'

그때였다.

"예상대로네요."

"……네?"

고개를 돌리니 강서준은 한쪽 벽을 보면서 차분한 얼굴을 하고 있었다. 무엇이 예상대로라는 걸까.

그 답은 금방 알 수 있었다.

"이거…… 혹시 던전입니까?"

"네. 보다시피."

지하의 한쪽, 붉은 빛이 일렁이는 철문. 1급 재난 구역인 '잿빛 사막'의 던전이 바로 이곳에 있었다.

김훈은 무심코 문에 손을 가져다 댔다.

부식된 지하벙커(D)
던전 브레이크까지 5시간.

"……D급 던전."

불행 중 다행이었다.

두 달 전에 이미 던전 브레이크가 벌어졌던 던전이라서, 혹여나 C급으로 성장했으면 어쩌나 했는데.

아직 D급이라면 대처 가능한 수준이다.

'5시간밖에 안 남았지만, 아크로 연락해서 플레이어들을 끌어모으면 어떻게든 시간 내에 공략할 수 있을…….'

김훈은 문득 강서준을 볼 수 있었다.

"……지금 뭐 하시는 겁니까?"

아니겠지? 슬슬 몸 풀고 던전이라도 들어갈 듯한 모양새인데.

설마 진심으로 단둘이서 공략할 수 있다고 여기는 건 아니겠지?

"잠깐 들어갔다 오려는데요. 어떻게…… 김훈 씨는 여기서 기다리고 계시겠습니까?"

정중한 말투였지만 김훈의 입장에선 터무니없을 뿐이었다.

그리고 강서준은 방금 한 말이 무어라 허락을 구하는 말도 아니었나 보다.

그는 대뜸 던전의 문을 열어 버렸다.

"강서준 님!"

빛과 함께 눈앞에서 사라진 강서준.

덩그러니 입구에 남아 있던 김훈이 입술을 잘근 깨물며 던전에 다시 손을 댔다.

'……겁도 없이 정말!'

그가 C급 던전 공략에 큰 역할을 해냈다는 건 잘 알고 있었다. 자이언트 혼 리자드를 상대로 싸우는 것도 직접 보질 않았던가.

그는 가히 '케이'라 불릴 법한 존재였고, 플레이어 중 수준이 가장 높다는 것도 인정했다.

하지만 던전 브레이크가 5시간밖에 남질 않은 던전을 홀로 공략하겠다고?

'여긴 부식벌레만으로도 1급 재난 구역이 된 곳이라고.'

하물며 던전 안엔 부식벌레보다 훨씬 강한 몬스터가 득실거릴 것이다. 부식벌레가 강서준에게 씨알도 안 박힐지는 몰라도 다른 몬스터는?

상위 몬스터들이 떼거지로 달려든다면 제아무리 케이라고 해도 답이 있을까.

자고로 던전 브레이크가 벌어지기 직전의 던전은 목숨을 걸어야 하는 법이었다.

'레벨도 아직 120을 못 넘겼다고 들었는데…….'

그가 일전에 저렙 플레이어들을 데리고 공략했던 '시체들의 도시'와는 차원이 다른 던전이었다.

언데드형 던전은 방어력이 약하니까.

여긴 그런 약점조차 없다.

'젠장……!'

김훈은 선택하는 수밖에 없었다.

[던전 '부식된 지하벙커(D)'에 입장했습니다.]

던전 안으로 들어가자 공기의 밀도부터 확 바뀌었다. 지하임에도 그나마 숨 쉬기에 무리가 없던 바깥과는 달랐다.

['방사선'에 노출되었습니다.]

[방사선을 해독하지 못하면, 5분 이내에 사망합니다.]

공기가 끈적거린다 싶더니, 피부가 녹아내리기 시작했다. 마치 화생방에 들어온 것처럼 들숨에 섞인 공기는 신체의 곳곳을 찔러 댔다.

이건 뭐, 수천 개의 바늘을 생으로 씹어 삼킨 기분이었다.

"……커흑!"

다행히 고통은 짧았다.

그의 머리 위로 쏟아지는 HP포션이 방사선에 노출된 몸을 치료했고, 덮어진 옷가지가 그나마 노출을 줄여 줬으니까.

김훈은 간신히 숨을 몰아쉬며 고개를 들었다.

[방사능 수치가 감소합니다.]

[!]

[방사선을 해독하지 못하면, 10분 내에 사망합니다.]

"……강서준 님?"

그의 앞에선 능숙하게 벌레들을 학살하고 있는 강서준이 있었다. 그는 수십 개나 달린 다리를 가진 한 마리의 지네를 양단하면서 말했다.

"밖에서 기다리고 있으시지 왜 들어오셨어요."

그제야 김훈은 자신의 몸을 덮은 옷이 무언지 확인했다. 강서준이 평소에 입고 다니던 외투였다.

축축하게 젖은 건 '포션'으로 적셔 둔 모양이었다.

'그럼…… 강서준 님은?'

화려하게 전투를 펼치는 강서준의 상태는 가히 좋다고만

보기 어려웠다. 방사선으로부터 노출된 얼굴은 녹아내렸고, 손은 뼈마디가 보였다.

대충 봐도 치명상이었다.

강서준은 전혀 개의치 않는다는 듯 말했다.

"일단 쉬고 계세요. 유감스럽지만 여긴 공략을 성공시키기 전에 탈출하지 못하는 특수 던전이니까."

실제로 시스템 메시지엔 '보스 몬스터를 공략하기 전에는 임의적으로 던전을 벗어날 수 없음'이라고 적혀 있었다.

김훈은 걱정스러운 얼굴로 물었다.

"……괜찮으신 겁니까?"

강서준은 천장에 매달린 거미를 단검으로 찌르고 있었다. 거미의 몸이 터져 나가면서 녹색의 체액이 강서준의 온몸을 적시는 순간.

닿는 모든 부위가 녹아내렸다.

하지만.

"네. 버틸 만해요."

대체 뭐가 버틸 만하단 말인가.

그는 가뿐히 몸에 묻은 액체를 털어 냈다. 부식도 아니고, 방사선으로 점철된 체액이었다.

그리고 거짓말같이 강서준의 얼굴에서 흘러내렸던 피부가 점차 원상복구되었다.

"생각보다 훌륭한 곳이네요. 가만히 숨만 쉬어도 스킬 등

상위0.001%
랭커의귀환

급이 올라가겠어요."

그러더니 강서준은 씨익 웃으면서 무아지경으로 몬스터를 상대하기 시작했다. 가만히 보고 있노라면 약간 소름이 돋을 정도의 전투였다.

'일단…… 그래. 일단 체력부터 회복시키자.'

당장은 강서준이 밀려드는 몬스터들을 홀로 감당해 내고 있었지만, 그게 언제까지 이어질지 모르는 일.

적어도 나중을 대비해서 신체를 최적의 상태로 만들 필요가 있었다.

'아예 방사선을 몸 밖으로 날려 버리자.'

김훈은 자신의 몸속에 스며든 방사선을 전부 확인할 수 있었다. 그의 공간지각 능력이면 충분히 가능했다.

[스킬, '공간 이동(C)'을 발동합니다.]

빠져나간 방사선은 바깥으로 녹색 연기가 되어 흩어졌다. 그리고 방사선이 빠져나간 자리는 포션을 이동시켜 바로 회복시켰다.

이후로 몇 번을 반복했다.

더는 방사선은 그를 위협하는 성질이 될 수 없었다. 김훈은 다시 전장으로 시선을 돌렸다.

'강서준 님은…….'

김훈은 쓰게 웃으면서 몬스터의 사체를 건너뛰었다. 벌써 수십 마리가 불귀의 객이 되어 바닥에 쓰레기처럼 널브러져 있었다.

그 잠깐 사이에 이만큼이나 죽였다고.

'누가 괴물인지 모르겠네.'

김훈은 홀로 전투를 이어 나가는 강서준에게 시선을 고정했다. 계속 보고 있노라면 이게 정녕 현실인지 착각이 들 뿐이었다.

키아아앗!

'그러니까…… 여기가 진짜 던전 브레이크를 앞둔 D급 던전이 맞는 거지?'

강서준의 머리 위로는 수십 마리의 거미가 득실거렸고, 발 아래로 기어 다니는 건 주먹만 한 지네들.

방사선에 오염된 곤충들의 대환장 파티였다.

만약 저곳에 본인이 서 있다는 생각을 해 봤다. 어찌 버틸까. 10분은커녕 1분 만에 죽을 것이다.

종종 허공에서 투명한 칼날도 날아왔다.

'저건 도대체 어떻게 피하는 거야?'

강서준이 죽인 시체를 보고 알았다.

이곳엔 눈에 보이지 않는 '투명한 사마귀'도 숨어 있다. 강서준이 죽이지 않았다면 김훈은 끝까지 그 정체를 파악하지 못했을 놈이었다.

그런데 강서준은 단 일격도 허용하질 않았다. 귀신같은 전투 실력이다 정말.

'레벨이야 그렇다 쳐. 대체 직업이 뭘까? 뭐 저리 스킬이 다양해?'

강서준이 손을 뻗으면, 파이어볼이 날아갔다. 종종 파이어볼을 손에 쥐고서 휘두르기까지 해 대는 걸 보면 마법사인지, 권투사인지 종잡을 수 없었다.

'아까 보니 자가 회복도 했지?'

힐까지 가능한 걸까.

'이걸 뭐라 해야 하나.'

한 사람의 몸에 여러 명이 들어가 있는 것만 같았다. 그렇지 않고서야, 저 정도로 다양한 스킬 운용이 가당키나 할까?

쿠우우우웅!

수많은 방사선 벌레가 가득한 지하벙커.

계단을 따라 내려갈수록 방사능은 더더욱 진해지고, 몬스터의 숫자는 늘어만 갔다.

그럼에도 강서준의 공략 속도는 변함이 없었다.

'아니, 점점 더 빨라지는 것 같은데.'

강서준이 던전에 적응한 건지. 수많은 몬스터의 패턴을 전부 외워 버린 건지.

그도 아니면 그 짧은 시간 동안 더 성장을 했는지.

이젠 정말 모르겠다.

"보스방이네요."

어느덧 지하벙커에서도 가장 아래까지 내려왔다. 한눈에 봐도 보스방 같이 생긴 공동이었다.

당연히 강서준은 바로 진입하려고.

아니, 그 전에.

"잠깐만요."

"······네?"

['던전 브레이크'가 발생했습니다.]

['부식된 지하벙커(D)'는 숨고르기로 진입합니다.]

[보스 몬스터 '방사능 바퀴벌레 퀼리(D)'가 '죽음의 바퀴벌레 퀼리(C)' 로 성장했습니다.]

"이제 들어가죠."

예전 같았으면 앞서서 말려야 할 그의 행동. 김훈은 그저 고개를 절레절레 흔들며 그 뒤를 따랐다.

그래. 이제 알겠다.

걱정한 놈만 손해지.

쿠우웅! 쿠우우우웅!

예상대로 C급으로 성장했으면서, 강서준에게 두드려 맞을 뿐인 바퀴벌레를 마주하기까지 오래 걸리지 않았다.

제아무리 숨고르기 상태라지만.

저렇게 얻어맞는 걸 보면 불쌍하기까지 하다.

"……이러다 정말 한 달 안에 1급 재난 구역을 전부 돌파하는 건 아니겠지?"

이상하게도 불가능처럼 느껴지지 않았다.

그리고 일주일이 지났다.

"벌써 나오십니까?"

강서준은 아직 열기가 채 가시지 않은 몸을 식히며 고개를 끄덕였다. 종전에 들어갔던 던전은 소방서에 생성된 던전으로, '타락한 불의 정령'이 보스 몬스터로 있는 곳이었다.

"생각보다 쉬웠어요."

"그렇군요."

그것으로 끝이었다.

김훈은 강서준을 일별하고 자기 할 일로 돌아갔다. 언제부터인가, 던전 안까지 따라오지 않는 그였다.

처음엔 걱정도 많고 우려도 많아서 여러모로 잔소리가 심한 편이었는데…….

이젠 무관심에 가까울 정도라 서운한 감정마저 들 정도였다.

지나치게 강서준에게 적응한 결과였다.

"그나저나 이번이 마지막 던전이었죠?"

"네. 이곳 동작구 소방서를 끝으로 서울의 1급 재난 구역은 모두 공략됐습니다."

강서준은 천천히 고개를 끄덕였다. 이런 생각을 하기엔 좀 그렇지만 좀 아쉬운 기분이 들었다.

'레벨도 생각보다 많이 올리진 못했지.'

일주일 동안 레벨 업에만 전념한 결과, 127까지 성장시켰지만 기대보다 낮은 수치였다.

'여태 내가 너무 쉽게 레벨 업을 했던 거지.'

늘 본인의 수준보다 현저히 높은 던전에서 사냥을 즐겼던 그였다.

당연히 경험치의 총량도 달랐고, 매번 레벨을 여러 개 한 번에 올리다 찔끔찔끔 올리려니 간에 기별도 안 가는 것이다.

'사실 이쪽이 정상이지만…….'

드림 사이드 1보다 2의 던전 출몰 시기가 과하게 빠른 게 문제라면 문제였다. 원래는 1년 후쯤에야 나타나는 게 C급 던전이 아니었던가.

강서준은 입맛을 다셨다.

"다른 던전은 또 없을까요? 이참에 밀린 던전 전부 공략하고 가면 좋겠는데."

"아쉽지만 없어요. 버뮤다 구역이 좀 남긴 했지만…… 아시다시피 너무 미지수잖아요."

버뮤다 구역으로의 진입은 확실히 고려해 볼 문제였다. 그에겐 시간이 무한정 남아 있는 게 아니니까.

만약 로테타워 때처럼 쉽게 빠져나오기 힘든 구조라면?

실제로 강서준은 로스트 던전에 빠지면서 한 달이란 시간을 허비했다.

"우린 해야 할 일이 있으니까요."

강서준은 쓰게 웃으면서 납득했다.

우우웅.

때마침 스마트폰이 울었다. 마찬가지로 문자 내역을 확인한 김훈이 강서준을 보면서 말했다.

"아크에서의 호출이네요. 아무래도 단서를 잡았나 봐요."

최하나와 박명석과 우주선에 대한 더욱 구체적인 정보를 찾았다는 문자였다.

그래.

우리에겐 할 일이 있다.

'달 던전.'

문득 김훈이 물었다.

"우린 정말 달에 가는 걸까요?"

사실 비현실적으로만 느껴지는 이야기였다. 이 세계가 제아무리 게임이 됐다 한들 '달'로 올라간다니.

이력서를 내고, 자기소개서를 고치고, 면접 준비를 하면서 밀린 월세를 걱정하던 예전엔 꿈도 꾸지 못했던 일들이었다.

"진짜 영화 같네요."

김훈의 한마디에 강서준은 천천히 고개를 끄덕였다. 어릴 적, 꽤 재밌게 봤던 영화가 떠올랐다.

그 영화도 지금과 상황은 비슷했다.

떨어지는 운석을 막기 위해, 지구의 영웅들이 우주선으로 날아가는 그런 흔한 영화.

"문제는 이 영화의 장르가 재난이라는 거지만요."

달 던전 공략 회의

"그럼 회의를 시작하겠습니다."

제2차 달 던전 공략 회의.

일주일 만에 아크에 재소집된 플레이어들은 여느 때와 같이 강단에 선 박명석을 보고 있었다.

시작은 간단한 브리핑이었다.

"지난 일주일간, 1급 재난 구역의 미발견 던전이던 강남역 인근, 서울 중앙하수처리장, 동작구 소방서의 던전이 공략되었으며……."

강서준이 해낸 업적들.

이후로도 링링과 나도석이 소재지가 밝혀진 죽음의 화원을 모조리 불태웠다는 성과 보고가 이어졌다.

예상했던 것보다 훨씬 수확이 많은 일주일이었다.

"……이상입니다."

그렇게 일주일간에 벌어진 일들에 대한 간단 브리핑은 끝났다. 이제 가장 중요한 내용으로 넘어갈 차례였다.

박명석은 기다렸다는 듯 눈을 빛내면서 말했다.

"다음은 저희가 알아낸 정보입니다."

스크린으로 각종 여러 사진과 함께 기밀문서의 내역이 공개됐다. 박명석과 최하나가 청와대에 직접 들어가 빼 온 정보였다.

"일단 우주선은 실존하는 것으로 확인됐습니다. 다행히 한국 내에 무사히 보존되고 있고요. 직접 봐야 알겠지만, 실제로 발사도 가능할 것 같습니다."

하지만 좋은 소식을 전하는 사람치고는 얼굴색이 좋지 못했다. 무슨 문제가 생긴 걸까.

박명석은 예기치 못한 문제를 지적했다.

"……배가 없다고요?"

우주선이 있는 곳은 서해의 백령도 너머에 있는 무인도.

그다지 멀지 않은 위치였지만 배가 없다면 결코 갈 수 없는 거리였다.

"아뇨. 정확히는 당장 그곳까지 갈 수 있는 배가 없다는 얘기입니다."

다음으로 스크린에 나타난 건 드론으로 찍은 서해상의 영상이었다.

곳곳에 전복된 배에서 흘러나온 기름이 바다를 뒤덮어 검은 물결만 흐르고 있었다.

"저긴……."

가장 큰 문제는 그 주변으로 여러 개의 소용돌이가 휘몰아치고 있다는 점이었다. 강서준은 그게 뭔지 바로 알아보았다.

'씨 서펜트로군.'

레벨 40부터 시작하는 E급 몬스터.

바다뱀 주제에 소용돌이를 일으켜 배를 전복시키는 게 주특기인 녀석이었다.

드림 사이드 1에서도 씨 서펜트는 항구 마을 NPC들 사이에서 '바다의 움직이는 암초'라고 불렸다.

어떤 곳에선 재앙 같은 존재인 것이다.

"잠수함도, 철갑선도, 항공모함조차 통과할 수 없을 겁니다."

그럴 만했다.

제아무리 E급 몬스터라고 해도 배 하나를 전복시킬 힘은 있었고, 바다에서 플레이어는 대다수 무력하다.

이대로 배를 띄워 간다면 자살행위였다.

어떤 배도 씨 서펜트의 강력한 이빨을 버틸 수는 없을 테니까.

문득 오대수가 손을 들어 물었다.

"헬기는요? 날아서 가면 안 되나요?"

"……곤란해요. 너무 위험해요."

이미 하늘은 인간들만의 영역이 아니었다. 헬기가 안전하리란 보장은 할 수 없었다.

그리고 고작 우주선에 탑승할 네 명만이 이동할 거라면 헬기를 타든, 작은 보트를 이용하든 방법은 있었을 것이다.

하지만 이번 작전은 플레이어가 아닌 일반인들의 역할도 굉장히 중요했다.

'우주선을 어떻게 발사시키겠어.'

사실상 이번 작전의 핵심은 '플레이어'보다는, 우주선을 정비해 줄 기술자와 발사 체계를 조종해 줄 과학자들이었다.

그리고 그들은 대개 플레이어가 아니다.

"못해도 20명은 같이 움직여야 해요. 아크에 살아 있는 과학자, 기술자, 모두 이번 일에 투입해야 한다고요."

사람들은 참담한 얼굴로 한숨을 내뱉었다. 당장 3주 후에 달이 떨어질 예정인데…… 우주선을 띄우기는커녕 그 근처로 가지도 못하는 상황인 것이다.

오대수가 우려 섞인 목소리를 냈다.

"그럼 어떡해요? 이대로 손 놓고 종말을 기다릴 수는 없잖아요."

"그건……."

"일단 어떤 배든 띄워 보는 게 어때요? 혹시 모르는 일입니다. 우리 중 누구라도 도착할 수만 있다면."

"오대수 씨."

박명석은 오대수의 말을 잘라먹으며 그에게 주의를 줬다. 그는 잠시 진정한 오대수를 일별하며 말했다.

"사람 말은 끝까지 들어요."

"……미안합니다."

박명석은 차분하게 호흡을 가다듬은 뒤, 다시 입을 열었다.

"링링 님이 죽음의 화원을 불태우는 와중, 적의 본거지를 하나 발견했습니다."

갑자기 컴퍼니의 본거지 얘기는 왜 나오는 걸까. 박명석은 이때를 기다렸다는 듯 씨익 웃으면서 말했다.

"공교롭게도 놈들의 본거지는 여의도 선착장이더군요."

"……설마."

"한강. 여의도 선착장. 그곳에 놈들의 본거지인 '이동 던전, 유람선'이 있습니다."

그제야 강서준은 박명석이 말하는 대안이 뭔지 깨달았다. 확실히 '이동 던전'이라면 가능한 얘기였다.

'이동 던전이라고 완전히 외부 공격으로부터 안전한 건 아니고, 던전 입구에 해당하는 문을 제외하면 전부 일반적인 배일 테지만…….'

그게 던전이라는 게 중요했다.

'던전 브레이크로 파생된 몬스터는 기본적으로 던전을 싫어하니까.'

즉 이동 던전으로 바다를 건너게 된다면, 씨 서펜트는 알아서 그 배를 피할 것이다.

몬스터들이 득실거리는 바다를 아무 문제없이 지나갈 수 있는 것이다.

하지만 문제는 남아 있었다.

"전면전을 벌여야겠군요."

"네. 힘든 싸움이 될 겁니다."

아직 그 실체를 제대로 파악하지 못한 테러리스트를 상대로 한 정면 승부였다. 위험하지 않다면 거짓말이겠지.

"하지만 언젠가 해야 할 일이잖습니까. 놈들이 이 세계의 멸망을 바라는 한, 뿌리를 뽑아야 합니다."

맞는 말이었다.

완벽하게 아크가 우세한 순간이 올까? 놈들이라고 여유를 부리고 놀고만 있진 않는다.

세상엔 완벽한 때란 없다.

그저 지금 최선을 다해야 한다.

"해서 일단 달 던전 공략에 앞서, 유람선 공략을 먼저 진행해야 할 것 같습니다. 일단 전략을 구성해 봤는데요."

스크린은 한밤의 한강을 찍은 영상으로 전환되었다. 어두컴컴한 다리 아래로 스멀스멀 유령선이 조용히 움직이고 있었다.

이동 던전 유람선.

"……시간이 많지 않아요. 가능한 빨리 공략해야 하므로, 오늘 밤 바로 작전을 진행할 겁니다."

이견은 없었다.

조금이라도 더 빨리 유람선을 빼앗아서 바다 건너 '우주선'이 있는 곳으로 행해야 하니까.

그 우주선을 정비하고 출발하기까지 또 얼마나 걸릴지.

밍기적 댈 시간은 단 1초도 없었다.

"……그리고 말입니다."

유람선 공략에 대한 회의가 거의 끝날 무렵이었다. 박명석은 여전히 무거운 안색을 짓고 있었다.

강서준은 미간을 구기면서 저도 모르게 묻고 말았다.

"뭡니까. 또 문제가 남아 있는 겁니까?"

박명석은 쓰게 웃으면서 고개를 끄덕였다. 그리고 스크린의 화면을 전환해서 사진 한 장을 꺼냈다.

광로호(光路號)

몸체에 세 글자가 또렷이 박힌 우주선의 실물 사진이었다.

"이 우주선에 인원 제한이 있습니다."

……인원 제한이라고? 이건 또 무슨 뚱딴지같은 소리란 말인가.

"일부 증축을 한다 해도 최대 네 명이 한계입니다. 그 이상은 위험하다는 게 전문가들의 의견이고요."

그 말은 즉 한 가지로 귀결된다.

'달 던전을 공략할 수 있는 사람은 최대 네 명이 전부라는 거야.'

누군가가 말했다.

"……이 작전 실현 가능한 겁니까?"

원론적인 질문이었다.

아크의 고레벨 플레이어들이 대거 투입됐음에도 C급 던전 '리자드맨의 우물'은 공략까지 수일이 걸렸다.

한데 고작 공략 인원은 네 명이고, 못해도 3주 안에 던전을 공략하질 못한다면 지구는 달과 충돌하고 만다.

'아니, 3주도 안 남았어.'

아직 그들은 달까지 올라가지도 못했으니까. 안 그래도 희박한 확률은 먼지만도 못한 수준으로 줄어들고 있었다.

"글쎄요."

강서준은 나지막이 입을 열었다.

당연히 사람들의 이목이 집중됐고, 랭킹 1위였던 그에게 이 상황을 타개할 만한 비책이라도 있길 바라는 얼굴들이었다.

미안하지만, 그런 건 없다.

"별수 있습니까. 해내야죠."

어차피 실패하면 게임 오버인데.

그리고 며칠 전.

유난히 커다랗게 떠오른 달 아래.

검은 물결 위를 부드럽게 나아가는 유람선이 있었다.

"……젠장. 벌써 다섯 개째야."

수정구를 내려다보던 배기찬은 신경질적으로 욕지거리를 내뱉었다. 그가 애써 가꿨던 죽음의 화원이 실시간을 불타는 영상이었다.

"이놈들이 대체 내 화원을 어떻게 알고 있는 거냐고!"

내통자가 있는 걸까?

배기찬은 고개를 가로저으며 가능성을 부정했다. 컴퍼니에 입사하려면 우선 목숨을 걸고 계약서부터 작성해야 하기 마련.

정말로 아크와 내통을 했고, 죽음의 화원 같은 주요 정보를 발설했다면 진즉에 배신자는 죽었을 거다.

'아직 그렇게 죽은 놈은 없어. 그래, 가능성이 있다면 C급 던전에서 붙잡힌 홍영이야.'

입이 무겁고 충성심이 강한 홍영이 정말 배신을 했을까 의문도 들지만. 상대가 상대였다.

그 지독한 케이라면.

무슨 짓을 벌였을지도 모른다.

솔직히 그가 하르트를 꺾고 던전을 차지할 거라고 상상이나 했을까.

'그전엔 보스 몬스터를 상대로 대등하게 싸우기도 했지?'

불과 며칠 차이도 안 나는 데도 그 정도 폭업을 해낸 놈이다. 뭔 놈의 인간이 잠깐 한눈을 팔 때마다 던전이 등급 업을 하듯 수준이 달라진단 말인가.

'아아…… 이러니 진짜 예전이 떠오르잖아.'

드림 사이드 1에서도 이렇듯 뒤늦게 쫓아왔던 케이는, 어느 순간 그의 목에 단검을 들이밀고 있었다.

그 많은 계획과, 예산과, 인력이 모두 한 사람에 의해 철저히 망가졌다.

"괴물 같은 놈."

그리고 수정구를 내려다보던 배기찬의 표정은 더더욱 구겨져야만 했다. 대관절 저 사내는 또 누구란 말인가.

'링링이야 알겠는데.'

유사시를 대비하여 죽음의 화원 곳곳에 심어 뒀던 트리거나 익스텐더는 고작 한 사람에게 무너졌다.

칼을 박아도 죽질 않는다.

큰 둔기로 때려도 쓰러지지 않는다.

남자는 오직 맨주먹으로 트리거의 머리를 찢었고, 익스텐

더를 만신창이로 만들어 냈다.

그리고 가장 무서운 점은.

'정체를 모르겠어.'

천외천 중에 저런 터프한 자가 있던가. 머리를 아무리 굴려 봐도 정답은 나오지 않았다.

배기찬은 한숨을 내뱉으며 수정구를 꺼트렸다.

"농장은 전부 파괴됐군."

또한 아크가 대대적으로 죽음의 화원을 공략하기 시작하자, 그의 산하에 있던 수많은 컴퍼니원들이 자리를 빼고 다른 부서로 이동하기 시작했다.

우습지만 놈들은 지금 배기찬을 '떡락 코인' 정도로 여긴 것이다.

"빌어먹을……."

부들부들 떨면서도 배기찬은 할 말이 없었다. 실제로 연달아 실패한 그의 작전 때문에 컴퍼니 내에서도 그의 입지는 상당히 좁아진 상태였다.

그때였다.

우우우웅.

꺼트렸던 수정구가 진동을 했다.

욕지거리를 내뱉던 배기찬은 표정을 싹 바꾸고, 흑색으로 물드는 수정구를 향해 고개를 숙였다.

곧, 위로 연기가 흘러나왔다.

"마, 마그리트 님을 뵙습니다."

─……크룩.

"예. 하명하십시오."

어둠 속에서 슬그머니 모습을 드러낸 건, 머리가 새하얗게 탈색된 미남자였다.

─조잡한 피조물에 불과한 네놈을 아직 살려 둔 이유가 뭔지 알고 있느냐.

검은 연기가 마치 손처럼 배기찬의 목을 휘어잡았다. 공중에 떠오른 배기찬은 숨이 막혀 켁켁대면서 바동거렸다.

─아직 쓸모가 있기 때문이다.

"……죄, 죄송합!"

─하나 자꾸 네놈이 이런 식으로 나온다면 나도 어찌해야 할지 모르겠구나.

목을 휘어잡았던 연기가 물러나고 바닥에 툭 떨어진 배기찬은 겨우 숨을 헐떡였다. 목에 남은 선명한 자국만이 그의 고통을 대변해 주는 듯했다.

─마지막 기회를 주겠다. 너의 쓸모를 증명해라.

그렇게 연기는 수정구 속으로 사라졌고, 유람선의 함장실엔 배기찬만이 덩그러니 남았다.

그는 나지막이 탄식을 흘렸다.

"아아……."

조잡한 피조물.

'포식의 권능'을 가진 NPC이자, 오직 자신의 쓸모를 증명하기 위해서만 살아갈 수밖에 없는 존재.

  용아병 크록.

  그는 자신의 주인이 내린 절대 명령에 의해 머릿속에 남아 있던 공포들을 차츰 지워 낼 수 있었다.

  "……케이!"

환상의 여객선

새벽이었다.

간간이 잠 못 든 이름 모를 몬스터의 울음이 아스라이 들릴 무렵.

강서준은 여의도 선착장을 바라보며 숨을 죽이고 있었다.

"작전 개시합니다."

앞선 플레이어들이 어둠을 틈타 선착장으로 진입했다. 소리 한 점 일으키지 않은 귀신같은 움직임.

암살 특화 플레이어들이었다.

무전은 금방 돌아왔다.

─선착장 클리어. 바로 타깃으로 접근합니다.

뒤따라 강서준도 선착장에 진입하며 주변을 살펴봤다. 이상할 정도로 고요한 분위기에 더욱 긴장감이 샘솟았다.

─활성화된 던전 확인했습니다. D급입니다. 던전 브레이크 컬러는 오렌지. 다시 반복합니다. 던전 브레이크 컬러는 오렌지입니다.

주황빛의 문 색깔은 던전 브레이크의 임박을 알려 주는 '레드'의 바로 전 단계.

그나마 다행이었다.

강서준은 미간을 좁히며 던전의 입구에도 다다랐다.

앞서 도착한 플레이어들은 섣불리 진입하질 않고 조용히 본대가 도착하기를 기다리고 있었다.

링링이 말했다.

"역시 수상해."

그녀의 손끝엔 마력이 실처럼 흘러나와 인근을 이리저리 휩쓸고 다녔다. 일종의 탐지 마법.

"너무 조용해. 반발이 거셀 것 같아서 일개 대대는 끌고 왔건만."

그녀의 말마따나 도합 100에 다다르는 아크의 플레이어들이 김빠진 얼굴을 하고 있었다.

'맞아. 너무 조용해.'

이곳은 컴퍼니의 거점으로 추정되는 장소였다. 모르긴 몰라도, 놈들과의 전면전이 벌어져도 이상하지 않은 곳.

한데 여태 아무도 발견하지 못했다.

강서준이 말했다.

"함정이겠지?"

놈들이 아크의 습격을 예상하지 못했을까? 그런 행복회로를 돌릴 수는 없는 것이다.

'최근에 죽음의 화원만 다섯 개를 불태웠어. 놈들이 바보가 아니고서야 경계 태세를 올리지 않을 이유가 없지.'

하물며 상대는 크록이다.

다른 사람의 눈 속에 기생하여 상황을 파악할 수 있는 귀찮은 스킬을 가진 NPC.

그놈이라면 눈치챘을 것이다.

또한 예상했겠지.

"……최대한 조심하고. 1조부터 천천히 진입해."

"알겠습니다."

함정일지도 모른다.

그럼에도 그들은 나아가야만 했다.

쏟아질 듯 등 뒤를 비치는 달빛. 그 소름 끼치는 빛자락이 눈앞이 절벽이더라도 자꾸 떠밀고 있었으니까.

[D급 던전, '환상의 여객선'에 입장하였습니다.]

"조용하군……."

D급 던전 '환상의 여객선'은 그 이름이 무색하게 그저 으스스한 유령선 같았다.

전등이 모두 깨진 선내, 곳곳에 인테리어처럼 장식된 거미줄과 이끼.

축축한 공기 속에서 쇠 냄새가 지독하게 풍겼다.

당장 보이는 것만 봐도 금방이라도 언데드형 몬스터가 튀어나와도 이상하지 않았다.

그러나.

"……아무것도 없군."

미간을 좁히며 주변을 둘러봤다.

던전 진입 이래로 꽤 긴 복도를 걸어서 선내를 누볐음에도 아직 그들은 무엇도 만나지 못한 것이다.

그게 가당키나 할까?

여긴 오렌지 컬러의 던전인데.

"……."

그저 어둠이 소리를 잡아먹은 것처럼 고요한 적막만이 주변을 감쌌다.

서늘한 분위기에 잠시 몸을 떤 김훈은 한 치 앞도 안 보이는 어둠을 응시하면서 말했다.

"앞에 큰 홀이 있어요."

이래서 공간지각 능력을 가진 플레이어는 던전에서 유용하다. 안 보여도 길을 찾아낼 수 있으니까.

일행은 김훈의 안내에 따라 선내의 메인 홀에 도달할 수 있었다.

스마트폰 플래시에 깨진 샹들리에가 번쩍이고 있었다.

"무슨 일이 있긴 했군."

링링의 말에 강서준도 고개를 끄덕였다. 가까이 갈수록 지독하게 피 냄새가 진동을 해 댄 것이다.

실제로 메인 홀엔 시체가 있었다.

"이놈들. 뒤통수를 맞은 거야."

바닥에 널브러진 시체들의 공통점은 전부 무언가로부터 도망치고 있었다는 점.

그렇다면 무엇으로부터 도망친 걸까.

아직 알 수 없었다.

그저 곳곳이 부서진 흔적만 남아 있었다. 벽이고, 바닥이고, 무대고…… 메인 홀의 선명하고 새빨간 핏자국이 무슨 사건이 벌어졌다는 것만을 증명하고 있었다.

"반란이라도 일어났나."

모를 일이었다.

뭘 어떻게 했는지는 몰라도 이곳 어디에도 영혼은 단 1g도 남아 있질 않았으니까.

"여기서부터는 갈라져야겠어. 케이, 넌 아래쪽을 맡아."

"그래."

슬슬 팀을 나눠서 움직이기로 했다. 던전의 크기가 D급답

게 컸으니, 이대로 한 팀으로 움직여선 주구장창 시간만 낭비할 것 같으니까.

"수상한 점이 있으면 바로 연락하고. 10분에 한 번씩 보고하는 거 잊지 마."

그렇게 링링을 일별한 강서준은 핏자국이 홍건한 메인 홀을 지나, 더욱 아래로 내려갔다.

하지만 그 아래에도 여전히 거칠게 무슨 일이 벌어졌다는 흔적만 역력했다. 특별히 그들을 위협했을 무언가를 특정할 수 없었다.

"……쉐도우일까요?"

최하나가 어둠속을 둘러보며 나지막이 의문을 던졌다. 일리 있는 질문이었다.

이 던전에서 가장 적합한 형태의 몬스터는 '그림자 속을 기생하는 쉐도우'가 제일 어울리니까.

하지만 정답은 아니다.

"쉐도우는 빛을 싫어해요. 진즉에 우릴 공격했을 겁니다."

애초에 놈들이 그림자 속을 기생하고 있었다면, 강서준의 류안을 피할 수 있을 리가 없었다. 무려 S급 스킬인데.

'그나저나 영혼은 다 어딜 간 거지?'

한껏 수상함으로 치장한 이곳에서 그 수상함의 정점을 찍은 건, 여객선의 아래 화물칸에 도달한 이후였다.

강서준을 따라 아래로 내려왔던 김훈이 선뜻 멈춰 섰다.

"여기 방에 뭔가가 있어요."

화물칸 곳곳에 있는 녹슨 철문. 왠지 모르지만 음습한 기분이 들어서 오한이 들었다.

"……다들 긴장해요."

각자 무기를 쥐고 심호흡을 했다. 도통 알 수 없는 흔적만이 가득했던 던전에서의 첫 유의미한 흔적.

이 안에 보스방이 있든, 함정이 있든, 열어 봐야 한다는데에서 반대하는 사람은 없었다.

"엽니다."

차가운 철문이 듣기 싫은 소리를 내면서 끼기긱, 열렸다. 동시에 안쪽에서부터 확 밀려온 건 '썩은 내'였다.

강서준은 미간을 구기며 안을 들여다봤다.

"대체 이게 무슨……?"

마치 테트리스라도 한 것처럼 억지로 구겨져 있는 게 있었다.

다름 아닌 시체들.

죽은 지 얼마나 됐을까.

이름 모를 사람들이 억울한 듯 눈을 뜬 채 죽어 있었다. 벌어진 입에서 구더기가 기어 나왔다.

"……우욱!"

누군가가 헛구역질을 했다.

정말이지 꿈에 다시 나올까 두려운 장면. 강서준도 순간적으로 밀려 나오는 역한 걸 겨우 참아 냈다.

최하나가 참담한 얼굴로 말했다.

"정말…… 지독해요."

그래도 시체들의 면면을 확인해 봤다.

아무래도 던전화 당시에 이 던전에 고립된 사람들일까? 플레이어가 아닌 일반 시민들의 모습들이 역력했다.

옆에서 김훈이 질린 얼굴로 말했다.

"설마…… 여기에 있는 방 전부?"

강서준은 다른 방의 문도 열어 봤다. 빌어먹을, 예상했던 대로 종전과 비슷한 풍경만을 볼 수 있었다.

몇몇 개는 아직 피가 굳지도 않은 채로 구겨져 있었다. 하얀 가면을 쓴 걸로 보아 '컴퍼니원'들의 시체였다.

도대체 이게 뭐란 말인가.

문득 최하나가 문패를 확인했다.

"……메모리?"

강서준은 한 층을 가득 메운 방들을 둘러보며 침음을 삼켰다.

메모리(Memory)란 이름의 시체방.

불현듯 깨닫는다.

"전리품이구나."

그때 소름끼치는 목소리가 들려왔다.

『역시 알아보는구나?』

강서준은 빠르게 재앙의 유성검을 손에 쥐었다. 아쉽게도 류안을 발동해도 목소리의 주인을 찾을 수 없었다.

　마력이 사방에서 요동치고 있었으니까.

　하지만 누군지는 알 수 있었다.

『여태 기다리게 해서 미안하군. 나도 어느 정도 시간이 필요했거든.』

"……너는."

『케이. 오랜만이다.』

　칼로 쇠를 긁는 듯한 소름 끼치는 목소리였다. 그래, 이런 짓을 저지를 법한 괴상한 취미는 그놈뿐이다.

"크록."

　놈은 농장이란 이름으로 서울 곳곳에 '죽음의 화원'을 가꾸던 자.

　그리고 사람의 욕망을 꽃피워 괴물을 양산해 댄 놈이다.

『그래서 소감은?』

"뭐?"

『내 추억을 엿본 소감은 어땠냐고 물었다.』

　열린 문틈으로 누군가의 손과 발이 삐져나와 있었다. 이젠 썩어 버려서 표정조차 알아볼 수 없는 사람들.

"널 죽여야만 한다는 확신이 들더군."

『만족했다니 다행이네..』

　놈이 웃어 대자 마치 거친 파도라도 만난 것처럼 배가 크게 흔들렸다. 실제로 어디선가 물소리가 크게 울렸다.

착각이 아니었다.

쿠오오오.

『그럼 여기까지 와 줬으니 선물을 줘야겠지?』

사양하고 싶은데.

거부권은 없는 모양이었다. 강서준은 복도 끝에서 밀려오는 검은색 물결을 확인했다.

"……강서준 님!"

다급히 플레이어들이 뒤로 물러났다. 하지만 검은 물은 뒤편에서도 흘러들어왔다.

또한 정신을 차렸을 때는 이미 위층으로 올라가던 계단 자체가 사라지고 없었다.

안색이 새하얗게 질린 김훈이 외쳤다.

"완전히 막혔습니다!"

공간지각 스킬로도 이 바깥으로 빠져나가는 길을 찾지 못한 것이다.

무엇인진 몰라도 검은 물은 금세 복도를 가득 채우기 시작했다. 플레이어들의 턱 끝까지 물이 차올랐다.

"어떡하죠?"

천장을 뚫기 위해 최하나가 마탄을 발사해 봤지만, 소용은 없었다. 천장은 시스템의 보호라도 받는 듯 멀쩡했다.

그리고 이젠 숨 쉴 공간도 얼마 남지 않았다. 플레이어들은 결국 패닉에 빠지고 있었다.

강서준이 차분하게 말했다.

"일단 진정해요. 이건 진짜가 아니니까."

"네?"

"천천히 모든 걸 받아들여요. 그러면 될 겁니다."

"네? 그게 무슨······!"

검은 물결은 천장까지 모두 채우고 말았다. 다들 검은 물에 수장되어 괴로워했다. 몇몇은 참질 못하고 꺽꺽대며 질식하는 것처럼 보였다.

그 속에서 강서준은 눈을 부릅떴다.

밀려오는 검은 물결이 그의 목구멍을 통과했고, 코를 막았으며, 호흡을 완전히 정지시킬 때에도.

그저 가만히 있었다.

[스킬, '침착(S)'을 발동합니다.]

그리고 어느 순간.

숨을 가로막던 검은 물결도, 괜히 떠내려 와 흘러 다니던 시체들의 풍경도.

메모리로 적혔던 참혹한 어떤 방도.

전부 씻은 듯이 사라져 있었다.

[스킬, '환상감옥(A)'를 이겨 냈습니다.]

다시 눈을 떴을 때 보이는 건 종전에 들렀던 메인 홀이었다.

"역시 너에겐 통하지 않는 건가."

강서준은 한쪽에서 아쉽다는 듯 입맛을 다시는 크록을 마주할 수 있었다.

놈은 부서진 피아노에서 다리를 꼬고 앉아 있었다.

"어떻게 알았지?"

그리고 공중에 어떤 영상들이 송출되기 시작했다. 곳곳에서 정신이 나간 사람들처럼 허공을 상대로 전투를 펼치는 동료들의 모습이 보였다.

링링, 나도석조차 그랬다.

"다른 천외천조차 알아차리지 못했는데…… 역시 케이는 다르다 이거야?"

강서준은 어깨를 으쓱이며 답했다.

"시체에 영혼이 없더군."

"……영혼?"

"그래서 생각했지. 이게 진짜가 아니라면, 과연 이 상황을 무어라 판단하면 될까."

마침 던전의 이름이 떠올랐다.

환상의 여객선.

그렇다면 이 모든 일을 '환상'으로 보면 납득할 수 있었다.

영혼이 없는 시체도 전부.

크록은 킥킥대며 말했다.

"고작 추측으로 목숨을 걸었나?"

"추측이라니. 근거 있는 확신이었지."

강서준이 차오르는 검은 물결을 보고도 아무것도 하지 않으리라 마음먹은 그때.

'위기 감지'가 발동하지 않았다.

이 스킬이 모두 환상이라는 증거였다.

"아아…… 지긋지긋한 케이여."

크록은 활짝 날개를 펼치며 허공으로 날아올랐다. 터무니없지만 그 등 뒤로 긴 꼬리가 좌우로 흔들렸다.

오랜만에 보는 진체(真體)였다.

드림 사이드 1 이후로 다시는 안 볼 줄 알았던 모습이었는데.

쯧.

놈은 사나운 눈초리로 양손 가득 마력을 끌어올리면서 말했다.

"드디어 종지부를 찍을 수 있겠구나."

용아병 크록.

S급 몬스터 '용'이 자신의 신체 일부와 갖가지 몬스터들을 조합해서 만든 일종의 키메라.

놈이 사납게 검을 휘둘렀다.

NPC 크록.

아마 이놈을 처음으로 만난 곳은 마일드 왕국일 것이다.

'레벨이 190일 즈음이었나.'

C급 던전 마일드 왕국.

분명 왕국을 침공하는 몬스터를 퇴치할 뿐인 단순한 시나리오의 던전이었다.

왕국 NPC와 합심하여 성을 수호하기만 해도 충분히 공략 가능한 그런 던전.

하지만 강서준은 그곳에서 반란을 일으켰다. 이유는 변질된 왕을 숙청하기 위해서였다.

'놈이 왕을 연기하고 있었으니까.'

왕, 아니 왕인 척 연기하던 크록.

사사건건 퀘스트를 방해하고, 일부러 플레이어나 NPC를 사지에 몰아넣는 걸 보면서 의심했다.

이윽고 단서를 잡아내어 정체를 밝혔고, 결국 '히든 시나리오'까지 찾아냈던 기억이 난다.

강서준은 미간을 구기며 말했다.

"그 얼굴도 진짜는 아니겠지.'

전형적인 한국인의 얼굴이었다. 하지만 NPC 출신인 이놈이 정말 한국인일 리는 없을 터.

모르긴 몰라도 누군가를 잡아먹어 그 형태로 변한 것일 테니까.

'빌어먹을. 대체 얼마나 잡아먹은 거지?'

포식의 권능.

고룡이의 변신 스킬인 '트랜스폼'을 닮았지만, 엄밀히 말하자면 다른 스킬이었다.

'놈의 스킬은 일회성이니까.'

강서준이 마일드 왕국에서 크록의 정체를 어떻게 밝혀냈을까.

성내에서 의문의 실종 사건이 자꾸 발생하기에, 이를 역추적하다 보니 왕에게 닿은 것이다.

'놈은 변신 상태를 유지하려면 관련된 것을 계속 먹어야만 한다.'

한마디로 인간 형태를 유지하려면, 인간을 주기적으로 먹어 줘야만 한다는 것이다.

새로 변할 때까지 영구성을 띠는 고룡이의 트랜스폼과는 다른 스킬이었다.

'결국 그 방에 있던 시체는 환상이 아니라는 거지.'

서울이 게임이 된 이래로 저놈이 언제 인간을 먹었는지는 모를 일이다. 하지만 그 시체들이 전부 놈에게 잡아먹힌 인간의 수라고 친다면.

'못해도 100은 넘을 거야.'

크록은 상어의 이빨처럼 날카로운 검을 뽑아 들면서 말했다.

"네놈은 내게 씻을 수 없는 악몽이었다."

"뭐?"

"또한 되살아난 공포였다."

하지만 그런 말을 하는 사람치고는 눈빛에 잔떨림이 없었다. 그 시선 속엔 '공포'라는 감정은 담겨 있지 않은 것이다.

놈이 다짐하듯 중얼거렸다.

"다만 지금은."

순식간에 놈의 인영이 사라졌다.

눈을 깜빡이자, 코끝으로 지독한 악취가 풍겨 났다.

본능적으로 검을 맞대었다.

"쓰러트려야 할 적일 뿐."

채애애앵!

놈이 휘두른 대검이 묵직하게 정면을 압박해 왔다. 그다지 크지 않았던 체구에 비해서는 무식할 정도로 강한 힘이었다.

강서준은 마력을 집중시켰다.

"공포라…… 그건 마음에 드는데."

이번엔 강서준의 차례였다.

[스킬, '마력 집중(E)'을 발동합니다.]

한껏 뽑아낸 마력이 놈의 대검을 밀어냈다. 또한 속도를 높여 놈의 전신에 얕은 찰과상을 입힐 수 있었다.

동시에 다른 손엔 '파이어볼'을 두르면서 말했다.

"근데 지금의 난 별로 안 무서워? 그렇게도 만만해 보이나."

[조합 스킬, '파이어 익스플로전(F)'을 발동합니다.]

콰아아앙!

그가 내지른 일격을 버티질 못하고 크록이 뒤로 튕겨 나갔다. 방금 전의 일격으로 놈의 대검이 산산조각 나 버렸다.

놈은 미련 없이 대검을 내던지며 말했다.

"아니, 네놈은 여전히 무섭지. 하지만 이젠 상관없을 뿐이야."

그러더니 어디선가 활을 꺼내어 화살을 걸었다. 속사포로 쏘아 낸 화살이 곡선을 그리면서 강서준을 향해 쏜살같이 다가왔다.

그뿐일까.

강서준은 주변의 마력이 요동치는 걸 확인했다. 곳곳에서 마법이 발동하고 있다는 증거였다.

한 인간이 저리 다양한 스킬을 쓰다니. 아마 수많은 플레이어를 포식하면서 일시적으로 빼앗은 '스킬들'일 것이다.

놈이 단언하듯 말했다.

"절대자의 앞에선 너나 나나 한낱 미물에 불과하다는 걸!"

"……뭐?"

피이이잉!

쿵! 쿠웅! 쿠아앙!

창졸간에 날아온 화살을 피해 몸을 접었다. 그 간격을 노리고 날아온 칼바람이 강서준의 옷깃을 스쳤다.

마법과 화살이 겹치는 전장.

[스킬, '류안(S)'을 발동합니다.]

[스킬, '초상비(F)'를 발동합니다.]

무협지의 스킬인 초상비조차 극성으로 발동해도, 고작 F급이라는 이름값 때문인지 모든 스킬을 피할 수는 없었다.

어깨에 한 발.

허벅지에 한 발.

등짝엔 폭발.

겨우 공격이 멈췄을 때는 이미 전신이 걸레처럼 너덜너덜해진 뒤였다.

[스킬, '초재생(F)'을 발동합니다.]

"후우……."

거칠게 숨을 내뱉으며 크룩을 노려봤다. 정면에서의 놈은 이미 사람의 형태는 찾아보기 힘들었다.

양쪽 어깻죽지를 뚫고 나온 새빨간 날개. 등허리에서 삐져나온 꼬리.

마지막으로 도마뱀처럼 툭 튀어나온 입.

"그 모습 오랜만이네."

싸움은 더욱 치열하게 이어졌다.

공중을 날기 시작한 놈이 꼬리를 마치 제 손처럼 휘두르며 공격을 가했고, 마법과 검, 각종 다양한 기술이 동시에 강서준을 공략했다.

꽤나 익숙한 패턴이었다.

'이건 마치…….'

소싯적 '케이'를 상대하는 느낌이 아닌가. 다양한 스킬들의 조합이 군더더기 없이 깔끔한 게 거슬릴 정도였다.

일순 동시에 폭발하는 스킬의 향연은 절로 혀를 내두르게 만든다.

'하지만 한계가 있을 거야.'

강서준은 공격을 일체 포기하고 회피에 전념했다. 어차피 놈의 스킬을 쓰면 쓸수록 그 내용이 소모되는 일회성 스킬.

이대로 놈이 먹어 댄 것들만 소화시켜도, 빈껍데기인 놈을 쓰러트릴 수 있다.

그게 놈을 공략하는 방법이었다.

"같은 방법을 쓰는구나?"

문제는 크록도 드림 사이드의 2회 차라는 사실이다.

놈은 허공에서 검은 연기를 피우며, 그 자리에 갇혀 있던 무언가를 꺼내어 먹었다.

사람이었다.

"말했잖은가. 준비가 필요했다고."

그 준비가 이 준비였나…….

강서준은 침음을 삼키며 새롭게 추가된 매직 미사일을 피해서 몸을 던졌다.

이대로면 놈의 스킬이 떨어지는 것보다 그의 체력이 먼저 떨어지고 말 것이다.

시간을 끌수록 불리한 건 강서준이었다.

"정면 승부밖에 방법이 없겠어."

[장비 '도깨비 왕의 감투'의 전용 스킬, '이매망량'을 발동합니다.]
[장비 '도깨비 왕의 반지'의 전용 스킬, '도깨비 불'을 발동합니다.]

온몸에 도깨비갑주를 덮어 쓰고, 재앙의 유성검 위로는 푸른 도깨비 불꽃이 타올랐다.

강서준은 거기서 멈추지 않았다.

"모두 날 엄호해."

그림자처럼 숨어 있던 백귀들이 그의 주변에 섰다.

로켓과 라이칸은 한 세트처럼 뭉쳤고, 오가닉은 굳건한 보스 몬스터처럼 크록을 노려봤다.

그리고 크록은 주먹을 움켜쥐며 말했다.

"마그리트 님께 영광을……."

그러자 놈의 전신은 붉은색 용의 비늘로 가득 뒤덮였다.

용아병의 최종 단계.

강서준은 미간을 구기면서 중얼거렸다.

"그래. 네놈이 부활했으면 마그리트 그놈도 부활한 거겠지."

"감히 네놈이 함부로 부를 이름이."

"야, 크록아."

강서준은 대뜸 말을 잘라먹으면서 물었다.

"네가 말한 절대자가 혹시 마그리트는 아니지?"

"……?"

"그렇다면 넌 아주 큰 착각을 하는 거야."

강서준은 재앙의 유성검의 스킬마저 발동시켰다. 붉은 연기가 금세 유성검으로 흡수됐다.

[장비 '재앙의 유성검'의 전용 스킬, '블러드 석션'을 발동합니다.]

푸른 도깨비불 사이사이로 붉은 에너지가 한 올 한 올 피

어울렸다. 제 피를 먹여 더욱 강화된 재앙의 유성검이 슬슬 발아하고 있었다.

"마그리트. 그 새끼 용은 절대자가 아니야."

"……네놈이 어찌 그분을."

"그 새끼도 결국 나한테 뒈졌으니까."

"뭐?"

해츨링 마그리트.

레벨 400쯤이었나.

A급 던전 중 용과 관련된 '해츨링의 요람'에서 그는 마그리트라는 건방진 레드 드래곤을 잡아 죽였다.

'약한 놈은 아니었지만.'

아직 진짜 용으로 각성하지 못한 놈이었다. '용의 무기'가 없어도 충분히 상대할 수 있는 개체였으니까.

생각해 보면 그다지 엄청나게 강렬한 인상을 준 놈도 아니었다.

흔한 몬스터 중 하나였지.

"그, 그럴 리가…… 어찌 그분이."

"그야 네가 알 턱이 없겠지. 네가 죽은 건 한참 전이니까."

부활한 이후로도 마그리트가 곧이곧대로 사실을 밝혔을 리는 없다. 그 오만한 용 새끼의 주둥아리가 인간에게 개발렸노라고 말하진 않을 테니까.

강서준은 은근한 눈으로 재앙의 유성검을 내려다봤다.

그래. 그때도 이 검으로 찔러 죽였지.

"어쨌든 마그리트가 네놈 뒷배라는 거겠지. 그거면 됐다."

물론 컴퍼니라는 거대한 세력의 뒷배로 보기엔 '마그리트' 한 놈으로는 모자란다.

하지만 그 이상의 존재가 아직 이 세계에 현신할 것 같진 않았다.

그놈들도 부활했다면 언제고 오겠지만.

'지금은 아니야.'

즉, 당장 이곳에 영향을 주는 놈들 중에서 가장 강한 놈을 치라면 '마그리트'일 것이다.

강서준은 약간 병 찐 얼굴의 크록에게 말했다.

"결국 내가 죽인 놈들은 하나같이 전부 부활했다고 봐도 되려나."

크록의 상태를 보아하면 기억까지 보존되는 듯했다. 가장 골치 아픈 점이었다.

'하긴, 현 세계에 컴퍼니가 너무 빨리 자리를 잡긴 했어.'

놈들의 규모는 대한민국의 정부와 연결된 아크보다도 컸다. 강서준은 늘 그게 이상했었다.

이미 세력이 있던 대한민국보다 더 빨리 세력이 커지는 회사라.

단순히 아포칼립스의 세계관이 됐다는 이유만으로는 설명하기 모자랐던 것들이었다.

'경험자가 있다면 말은 달라지지.'

플레이어만이 2회 차가 아니라면.

NPC 그리고 특수 개체에 해당하는 초엘리트 몬스터의 경우에도 이번이 2회 차라면.

더욱 순조로웠을 것이다.

"……으으! 그럴 리가 없어! 마그리트 님은 이 세계의 절대자!"

크록이 부정하며 바로 날개를 접어 날아왔다. 비행 속도가 마하를 넘어섰는지 소닉붐마저 일어났다.

"글쎄. 아니라니까?"

콰아아아앙!

피하지 않고 맞부딪쳤다.

오만이 아니었다.

'이매망량'과 '재앙의 유성검'을 멀쩡한 상태에서 전부 발휘하니, 생각보다 훨씬 강대한 힘이 느껴졌다.

크록 정도는 두렵지 않았다.

'이거 내가 너무 흥분했네.'

동시에 오가닉의 창이 놈의 허리를 찌르고, 라이칸이 휘두른 방망이가 머리를 노렸다.

약간의 생채기가 늘어났다.

"비켜라!"

크록의 꼬리가 빠르게 휘둘러지며 오가닉과 라이칸을 밀

어냈다.

대신 틈이 생겨났다.

푸우욱!

재앙의 유성검이 놈의 비늘을 꿰뚫었다. 서늘한 절삭음이 귀에 내려앉을 즈음엔 놈의 입에서 피가 흘러나오고 있었다.

"커헉⋯⋯!"

근데 놈이 씨익 웃었다.

"⋯⋯드디어 잡았다."

"뭐?"

놈은 재앙의 유성검이 두렵지도 않은지 더욱 강서준에게 접근했다. 찔린 부위에서 피가 흡수되면서 더더욱 재앙의 유성검이 신이 난 듯 검신을 흔들었다.

그럼에도 놈은 다가왔다.

오히려 죽는 게 영광이라는 듯 희열에 가득 찬 얼굴이었다.

"넌 그분을 결코 이길 수 없느니라. 너의 오만함 또한 미리 알고 계셨으니."

"⋯⋯뭐 하는 짓이야?"

문득 강서준의 전신으로 검은 연기가 뒤덮이고 있었다. 그속에 숨겨졌던 마그리트의 의지도 보였다.

이놈, 지금 자신을 먹으려 한다.

[용아병 '크록'이 '포식의 권능'을 발동합니다!]

"……마그리트 님께 영광을!"

"크윽……!"

그리고 강서준이 말했다.

"……이라고 할 줄 알았냐."

타아아아앙!

별안간 쏘아진 마탄이 크록의 옆통수를 가격했다. 단단한 용의 비늘이 일그러질 정도의 공격력이었다.

놈이 당황했지만, 정작 신경 쓸 곳은 거기가 아니었다.

"으라차!"

순식간에 앞으로 내달리던 사내가 크록의 꼬리를 꽈악 움켜쥐었다. 크게 반원을 그린 크록은 볼품사납게 바닥에 내동댕이쳐졌다.

콰아아앙!

그때에도 크록은 본인이 무슨 상황에 빠졌는지 모르는 눈치였다.

강서준은 자신의 몸을 엄습하던 어둠을 다소 신경질적으로 털어 내면서 말했다.

"거봐. 마그리트 그놈이 얼마나 허접한 놈이면 이 무기의 성능조차 제대로 모르냐?"

[장비 '재앙의 유성검'의 전용 스킬, '블러드 석션'을 발동 중입니다.]

재앙의 유성검의 전용 스킬은 '블러드 석션'은 본래 피를 흡수하여 검을 강화하는 스킬.

그리고 이 스킬의 부가적인 기능은 상대의 피를 흡수하면서, 상대의 스킬에 간섭할 수 있다는 점이었다.

설령 '환상'일지라도.

강서준은 주변으로 모여든 플레이어들의 얼굴을 확인했다.

다들 지친 얼굴이었지만, 죽은 사람은 없었다.

크록이 피를 토하며 말했다.

"끄, 끝이라고 생각 마라. 게임은 계속될 테니……."

곧 죽을 놈이 재수 없게.

강서준은 미간을 구기며 말했다.

"아니, 다음은 없어."

재앙의 유성검이 크록의 머리를 향해 일직선으로 나아갔다.

"이번에야말로 이 게임의 진짜 엔딩을 보고 말 테니까."

바다를 가로질러

[용아병 '크록'을 처치했습니다.]

[서울을 위협하는 은밀한 세력의 일부를 완전히 도려냈습니다!]

[칭호, '진실을 가려내는 모험가'를 습득했습니다.]

[환상 계열 스킬의 효과를 10% 줄여 줍니다.]

일격에 도려낸 크록의 몸.

수많은 사람을 잡아먹은 괴물의 최후치고는 허무할 정도로 쉬운 전투였다.

놈의 허물을 내려다보며 강서준은 침음을 삼켰다.

적의 본거지를 쳐서 간부 하나를 죽였지만, 사실 대단히 기쁘지만은 않은 것이다.

참, 뭣 같은 일이었다.

'마그리트가 살아 있고, 내가 죽였던 그놈들도 전부 살아났다면……'

산 넘어 산이었다.

기껏 컴퍼니의 몸통을 찔렀다고 생각했더니, 그조차 발가락 사이에 낀 때만도 못한 수준이라니.

빌어먹을. 망겜이 분명하다.

'여태 고작 용아병 따위에게 놀아났던 거고. 쯧.'

괜히 화가 났다.

용아병은 고작 해츨링이 장난삼아 만들어 낸 일종의 키메라에 불과한 법.

그런 놈에게 사람이 몇이나 죽었는가.

강서준은 쓴맛을 꾹 삼켰다.

계속 생각해 봐야 부질없는 일이었다.

[장비, '용아병의 날개'를 습득했습니다.]

그래도 눈앞에 떠오르는 메시지를 보고 있노라면 침잠되는 기분이 조금씩 희석됐다.

보상은 늘 달다.

특히 이런 특별한 아이템은 더더욱.

'용아병의 날개라고?'

간단명료한 설명.

그리고 그 문장이 뜻하는 바는 생각보다 훨씬 컸다.

'하늘을 날 수 있는 장비구나!'

10분의 제한이 있었지만, 그걸 감안하더라도 대단히 유용한 아이템이라는 건 부정하지 못한다.

왜냐면 이 아이템의 설명을 보면, 10분의 비행 중 소모되는 건 아무것도 없으니까.

'말 그대로 아이템의 성능만으로 10분간 자유비행을 하는 거야.'

앞으로의 전투에선 비행도 전략에 써먹을 수 있었다. 이건 드림 사이드 1의 케이조차 해내지 못한 일.

보상은 끝이 아니었다.

[던전 '환상의 여객선(D)'을 성공적으로 공략했습니다.]

[대량의 경험치를 습득했습니다.]

[레벨이 올랐습니다.]

[레벨이 올랐습니다.]

……중략……

[레벨이 올랐습니다.]

도합 7레벨의 상승.

고작 D급 던전을 공략한 보상치고는 상당했다. 그가 쓰러
트린 용아병 크록의 수준이 꽤 높았던 걸까.

하기야 놈은 수많은 인간과 플레이어를 잡아먹은 괴물이
다.

어쩌면 여태 잡아먹은 수만큼의 경험치가 합산됐을 수도
있었다.

'그럼 장비를 더 챙겨 줘도…….'

강서준은 약간의 미련을 털어 내며 '블러드 석션'의 스킬
을 해제했다. 잠깐 한눈판 사이, 이놈이 앗아 간 피가 꽤 많
았다.

제 주인도 못 알아보고 끝을 보려는 배은망덕한 무기 같으
니라고.

"고생했어요, 서준 씨."

최하나는 아직 열기가 가시질 않은 마탄의 리볼버를 흔들
어 식히고 있었다. 마찬가지로 링링을 비롯한 플레이어들은
강서준을 바라봤다.

무슨 말을 기대하는 건가.

강서준은 쓰게 웃으며 말했다.

"여러분도요."

우여곡절은 있었지만, 달 던전 공략의 첫 번째 작전.

컴퍼니의 거점 중 하나인 이동 던전 '환상의 여객선' 공략은 성공이었다.

이후로 '환상의 여객선'을 얼추 정리한 일행은 바로 출항에 나섰다.

간간이 몬스터가 머리를 들이미는 한강을 거슬러, 바다로.

던전을 실은 유람선은 수 개의 다리를 지났다.

"내부는 전부 확인해 봤어. 생존자는 없고, 컴퍼니원들도 모두 죽어 있더라. 이 던전에 위험 요소는 이제 없어."

불행인지 다행인지.

크록을 처치한 이후로는 던전에서 다른 전투가 없었다.

던전 내의 몬스터가 모조리 크록에게 잡아먹힌 건 물론이고, 컴퍼니원까지 전부 당한 것이다.

청소 업체보다 깔끔한 마무리였다.

아크의 입장에선 보스 몬스터 한 마리를 때려잡은 걸로, 날름 던전을 꿀꺽하는 셈.

안 그래도 부족한 게 시간이었는데, 누군가가 큰돈을 내서 스킵 버튼을 눌러 준 기분이었다.

"이대로면 문제없이 바다로 갈 수 있을 거야."

그리고 약속한 장소에서 과학자를 비롯한 수많은 기술자들을 유람선에 탑승시켰다.

이제 목적지는 서해의 작은 무인도.

수많은 사람들의 바람을 실은 유람선은 서서히 떠오르는 해를 등지고 서쪽으로 나아갔다.

"그나저나 마그리트의 생존 소식은 뭐야? 정말 이 던전의 주인, 컴퍼니의 배후에 '크록' 그 새끼가 있었어?"

당연히 링링이나 최하나도 크록을 알고 있었다. 한때 같이 던전을 공략하다 뒤통수도 몇 번 맞아 봤으니까.

악감정은 여전했다.

마그리트도 마찬가지였다. 해츨링의 던전을 함께 공략한 게 바로 이 둘이었으니까.

"마그리트…… 그 붉은 해츨링이 판을 친다면, 앞으로의 전략도 바꿔야겠어."

"그래. 그건 너한테 맡길게."

강서준은 따사로운 햇살을 받아 몸을 부르르 떠는 흑룡, 고룡이를 내려다봤다.

지금은 새끼 고양이처럼 그 크기가 작아 귀엽기만 한 외관.

하지만 진짜 흑룡 '카무쉬'를 떠올려 보면, 귀엽다는 말은 지우개로 싹싹 지우고 싶어진다.

"1보다 더 빨리 용의 무기를 구해야 해."

이에 링링이 고개를 끄덕이며 말했다.

"그건 걱정 마. 플레이어 간 소통이 가능한 대규모 커뮤니티를 구상 중이니까."

"……대규모 커뮤니티?"

"응. 분명히 섭종 보상으로 용의 무기를 가져온 놈이 있을 거야."

그렇다면 걱정은 한시름 덜 수 있었다. 어쨌든 용의 무기만 있다면 '용'은 대단히 무서운 적이 아니니까.

'하기야 이곳이 드림 사이드 1처럼 고대 던전에 용의 무기가 봉인됐을 리는 없지. 판타지 세계관도 아니고.'

그리 생각해 보면 '섭종 보상'은 그 자체만으로도 한 세계의 밸런스를 담당하는 듯했다.

공략할 수 없으리라 여겼던 물건들도 잘만 찾아낸다면 '공략법'을 만들어 내곤 했으니까.

문득 링링이 말했다.

"그러고 보니, 카무쉬 그놈. 죽을 때 다시 보자는 말을 했었지?"

"……응. 난 그게 무슨 히든 퀘스트 단서인 줄만 알고 한동안 그놈 자료만 찾아다녔다니까."

"그게 진짜 다시 보자는 얘기였을까?"

절로 탄식이 나왔다.

빌어먹을 놈. 다시 보긴 개뿔이.

그때 최하나가 서쪽의 먼 바다를 응시하더니 입을 열었다. 매의 눈을 뜬 그녀는 누구보다 먼 곳의 정찰이 가능했다.

"슬슬 요주의 지점입니다. 다들 준비하죠?"

"……그래."

링링은 플레이어들을 단속하러 떠나야만 했다. 그래 봐야 마법사들을 곳곳에 배치하는 정도에 불과했지만.

오.

아크의 벽에 심어 뒀던 마법진의 일부도 떼 왔어?

유람선 전체를 뒤덮는 하나의 마법진이 생성되고 있었다. 철썩이는 물살이 자꾸만 마법진을 흐리게 만들었지만, 없는 것보다 낫다.

그리고 최하나는 옆에 남았다.

차가운 아침 공기를 한껏 들이마시더니 말했다.

"그나저나 이제야 달이네요."

"……네. 용 얘기를 듣다, 달을 생각해 보니 현실감각이 확 오네요."

강서준은 푸른 하늘에도 널찍하게 보이는 달을 올려다봤다. 시간이 갈수록 저놈의 크기는 점점 커지기만 했다.

이젠 CG 같네.

쿠우웅!

머지않아 유람선은 몬스터가 서식한다는 요주의 지점에 도달했다. 바다 곳곳에 떠다니는 새카만 석유가 마치 죽음의 바다를 연상케 하는 곳이었다.

실제로 수많은 물고기들이 떼죽음을 당한 채로 둥둥 떠다녔다.

'예전엔 석유가 바다에 유출되면 전 세계에서 난리가 났었는데…….'

이젠 바다에 나올 일이 없었으면 이곳이 이렇게 됐는지조차 확인할 방법이 없었다.

어느 소설에선 이렇듯 전 지구적인 재난 상황은, 사실 지구가 인간을 제거하려고 만든 자정작용이라고 했는데.

석유가 바다 위를 넘실거리는 것만 봐서는 지구가 자학하는 꼴이었다.

강서준은 석유 유출의 원인이 됐을 '난파선'과 각종 어업을 일삼던 '낚싯배'들을 확인했다.

여기저기 부서진 채로 근처 해역을 떠돌고 있었다.

그리고 그 옆엔 곳곳에서 소용돌이가 휘몰아쳤다. 예상대로 이곳은 '씨 서펜트의 군락지'였다.

"……다행히 저놈들도 던전으로 접근하진 않네요."

배의 난간까지 나와서 바깥을 구경하던 플레이어들도 일부 긴장을 풀어냈다.

소용돌이는 근처를 일렁일 뿐, 접근하진 않았다.

하지만 그때였다.

크롸아아악!

멀리 파도를 헤치고 나타난 씨 서펜트가 인근의 난파선을 향해 큰 아가리를 벌렸다.

놈은 그나마 둥둥 떠다니던 선미를 꽉 깨물고, 그대로 난파선을 바다 아래를 향해 수장시켰다.

가히 위협적이었다.

"……."

플레이어들은 그 장면을 보면서 나지막이 침을 삼켰다.

모르긴 몰라도, 그들의 배도 이동 던전이 아니었다면 방금 전의 난파선과 같은 위치였을 것이다.

괜히 긴장됐다.

하지만 걱정이 무색하게 그들은 안전하게 씨 서펜트의 군락지를 건널 수 있었다.

다들 안도의 한숨을 내뱉었다.

"……됐어. 이 정도면 안전하다고 봐도 되겠지."

서쪽으로 항해를 잇다 보니, 석유도 꽤 희석된 푸른 바다가 있었다.

가까이 백령도도 보였다.

그리고 박명석은 사람들을 한데 불러 모았다.

"이제부터가 중요해요. 우리에게 남은 시간은 이제 고작 20일입니다. 그 안에 우주선을 달로 띄우자고요."

쉬운 일은 아닐 것이다.

제아무리 똑똑한 과학자들을 불러 모은들, 20일 안에 개발

중인 우주선을 달까지 쏘아 내는 건 불가능에 가까운 일이었으니까.

"하지만 해내야죠. 다들 이따위로 죽으려고 여태 살아남은 건 아니니까."

농담이었을까.

그는 너털웃음을 터뜨리다 싸한 반응에 괜히 멋쩍은 듯 머리를 긁었다.

그러더니 말한다.

"그럼 정박을 준비하죠. 물살이 거세니 다들 주의해요."

긴장한 얼굴의 사람들이 제각기 자리를 잡고, 백령도 너머에 존재하는 작은 무인도로 향했다.

섬의 크기는 얼추 축구 경기장 네 개의 크기.

배는 순조롭게 무인도로 접근했다.

그리고 사람들을 통솔하며 한껏 준비를 잇던 박명석. 문득 그는 강서준을 보면서 묻는다.

"저…… 강서준 님?"

"네?"

"지금 뭐 하시는 거죠?"

배가 정박하는 과정에서 강서준이 마땅히 맡은 일은 없었다. 이미 관련된 일은 다른 플레이어들이 도맡아서 하는 편이었으니까.

물론 박명석이 그런 것 때문에 물은 건 아니었다.

"잠시 사냥 좀 하고 오려고요."

"……사냥요?"

"네. 아이템 성능도 실험할 겸."

[장비, '용아병의 날개'를 발동합니다.]

[10분의 자유비행을 시작합니다.]

그러더니 강서준의 몸이 두둥실 떠올랐다. 그의 어깻죽지엔 비현실적이지만 날개가 돋아나 있었다.

"그건……?"

"잠시 다녀올게요."

그렇게 박명석을 일별한 강서준은 빠르게 하늘을 갈랐다.

동쪽으로.

바람이 생각보다 거셌지만, 비행엔 하등 문제가 없었다.

크롸아아아아악!

목적지도 금방이다.

"이래도 되나 싶긴 한데. 솔직히 너희들만 두고 떠나기엔 아쉽더라."

강서준은 고도를 살짝 높였다.

그리고 손을 아래로 겨눠 나지막이 마력을 운용했다.

[스킬, '파이어볼(F)'을 발동합니다.]

불덩어리는 아래로 떨어졌다.

하나로는 부족할까 싶어, 여러 개를 아래로 투하했다.

예상대로 불꽃은 석유에 닿더니 엄청난 규모로 타오르기 시작했다.

금세 연기가 피어오르고 곳곳에서 비명을 지르는 '씨 서펜트'를 확인했다.

심지어 소용돌이 속으로 석유와 함께 불꽃이 휘몰아쳤다. 아이러니하게도 물과 불이 한데 뭉쳐 불타는 광경이었다.

[경험치를 습득합니다.]
[경험치를 습득합니다.]

강서준은 아직 만족하지 못했다.

한껏 숨을 참으며 고도를 낮추고, 뜨거운 불바다의 상공을 비행하면서 종종 얼굴을 내미는 씨 서펜트를 노렸다.

스거억!

[레벨이 올랐습니다.]
[칭호, '바다를 파괴하는 모험가'를 습득했습니다.]
[물의 정령이 당신을 싫어합니다.]

그러거나 말거나.

단 1의 레벨도 아쉬운 그에게 씨 서펜트의 씨를 말리는 게
우선이었다.

하늘을 가로질러

백령도 너머의 작은 무인도.

이곳엔 본래 사람이 많이 드나들지 않았기 때문일까?

우주선이 보관됐을 것으로 알려진 그곳은 다행히 여태 그 어떤 던전화도 발생하지 않은 지역이었다.

"천천히…… 좋아! 그대로 들어가!"

"닻을 내리겠습니다!"

그리고 인기척조차 희미해진 그곳으로 일단 배를 무사히 정박시킨 아크의 플레이어들.

그들은 무인도 탐사부터 시작했다.

연구소는 무인도의 작은 언덕 너머의 협곡 사이에 숨겨져 있었다.

"다행히 전원이 들어옵니다."

바다로 연결된 수력발전기가 연구소로 자체적인 전력 공급을 해냈다. 오래 방치된 탓에 먼지가 가득했지만 사용하기엔 문제가 없었다.

링링이 전자 패널을 조작하더니 말했다.

"문제는 예상대로 연료가 충분하지 않다는 건데……."

달까지 가는 연료는 충분할 것이다.

문제는 돌아올 때 사용할 만큼의 비축분이 연구소에 보관되어 있지 않다는 점이다.

당장 우주선은 편도행 티켓이었다.

"……이건 내가 어떻게든 마력으로 대체해 볼게."

그나마 희망적인 건 모두 수리가 가능하다는 것이다.

안정적으로 출발하기까지 그저 시간이 필요할 뿐.

'달 추락까지 앞으로 20일.'

나머진 기술자들의 역량에 달렸다.

　　　　　　　　　✦✦✦

시간은 하염없이 흘렀다.

"발사 시험 마지막 단계입니다. 이번만 성공하면 당장이라도 우주선을 달로 보낼 수 있어요."

까치집을 지은 과학자들이 홀로그램을 보고 있었다. 3D로

구성된 우주선에서 불꽃이 방사됐다.

하늘로 쭈우욱.

"고도 620km⋯⋯ 발사체 분리 성공입니다."

과학자들은 타들어 가는 심정이었다.

벌써 몇 번째 실패일까.

이번에도 실패한다면 또 어디서부터 오차를 수정해야 할지 감이 오질 않았다.

그리고 홀로그램 속 우주선은 지구의 궤도를 벗어났다.

계속, 순조롭게 나아갔다.

목적지인 달까지.

"⋯⋯됐어. 됐다고!"

"드디어 성공이야!"

얼굴에 내려앉은 다크서클이 활짝 펴질 정도로 큰 목소리로 웃으면서 서로를 부둥켜안았다.

11일 만의 성과였다.

"지금 몇 시지? 아니지. 링링 님을 만나야 해."

"⋯⋯다들 자고 계실 텐데요."

"깨워! 지금 잠이 문제야? 그리고 성공만 하면 바로 알려 달라고 하셨어."

과학자들은 부산스럽게 움직이며 고요하던 숙소 문을 부서질 듯 두드렸다.

플레이어들은 졸린 눈을 비비면서도 발사 시험 성공 소식에 한달음에 달려 나왔다.

강서준도 그중 하나였다.

[Success.]

홀로그램 위로 떠오른 초록색 글자가 모든 상황을 설명했다.

뒤늦게 도착한 링링도 흡족한 얼굴로 강서준을 보면서 말했다.

"뭐 하고 있어?"

"응?"

"출발해야지. 달에 안 갈 거야?"

안 그래도 수리만으로 11일이나 소모했다.

남은 건 고작 9일.

시간을 줄일 수 있다면 최대한 줄여야만 했다.

"클라크는?"

"저 여기 있어요."

어느새 도착한 최하나.

그리고 어디서 운동이라도 하고 왔는지 땀을 뻘뻘 흘리는 나도석과 비몽사몽의 김훈까지 도착했다.

모든 준비는 끝났다.

"알겠어. 바로 출발하자."

그 말을 기점으로 과학자들은 부랴부랴 정비를 시작했다.

연구소의 천장이 열리고 우주선이 아스라이 쏟아질 것만 같은 달빛 아래에 그 모습을 드러냈다.

강서준은 탈의실에서 우주복으로 갈아입은 뒤, 탑승 구역으로 향했다.

먼저 도착한 김훈이 불안한 얼굴로 말했다.

"······너무 갑작스럽네요."

"네. 하지만 예상했던 일이잖아요."

"그래도요."

이번 달 던전 공략 멤버는 강서준을 비롯하여 최하나, 나도석 그리고 김훈이었다.

김훈의 경우는 '공간 이동'이라는 특수한 스킬과 특수 포션 치료라는 유용한 기술 덕분에 참여하게 됐다.

'링링이 가면 좋겠지만, 걘 이곳에서 연구소를 총괄해야 하니 어쩔 수 없겠지.'

머지않아 나도석과 최하나도 우주를 유영할 수 있을 정도로 두터운 우주복을 입고 등장했다.

"나도석 씨에게 맞는 우주복이 있어 다행이네요."

"······개량했다더군. 조금 꽉 끼긴 하는데 괜찮아."

담소도 거기까지였다.

탑승 구역 위로 탑승을 알리는 신호가 떨어지고, 공략 인원인 네 명은 우주선 내부로 진입했다.

생각보다 비좁았다.

"여기에 사진 걸고 기도하면 사망 플래그겠죠?"

"……알면 하지 마요."

여러 던전을 돌면서 꽤 친해진 김훈과 우스갯소리를 하다 보니, 발사 준비는 완료됐다.

시선을 마주한 최하나가 고개를 끄덕였고, 나도석도 굳은 얼굴이었다.

이제 우주로 올라가는 일만 남았다.

그리고 예정된 시각.

[3, 2, 1…… 광로호 발사합니다!]

온몸을 짓누르는 중력이 느껴지면서 일행을 태운 우주선이 수직으로 상승하기 시작했다.

우주선 내에 장착된 스크린으로 바깥 영상이 보였다. 누구는 기도했고, 누구는 두 손 꽉 쥐고 응원하는 자세였다.

[궤도를 조정합니다.]

컴퓨터의 목소리를 들리면서 우주선이 조금씩 방향을 수정했다. 달이 가까워진 만큼 실제 비행에도 오차는 발생했다.

연구소에서 통신도 들려왔다.

박명석이었다.

―……비행은 어떻습니까?

"생각보다 쾌적하네요."

―다행입니다. 곧, 발사체가 분리되고 우주선은 완전히 우주로 돌입할 겁니다. 그때부터는 마력으로 우주선을 조종해야 해요.

"연습은 충분했습니다. 걱정 마세요."

링링이 추가한 부품이었다. 성능은 걱정할 것도 없으리라.

나머진 플레이어의 역량.

강서준, 자신에게 달려 있었다.

―그럼 부디 명운을…… 어라?

그때였다.

―우주선으로 정체를 알 수 없는 비행 물체가 접근 중입니다! 잠시만 요……!

강서준도 스크린을 통해서 그 비행 물체에 대한 정보를 읽었다. 뭔지는 몰라도 빠르게 우주선을 향해 날아오고 있었다.

곧 영상과 함께 정체가 밝혀졌다.

―레드 와이번입니다!

레벨 100을 넘나드는 레드 와이번이 대관절 어떻게 이곳에 나타났을까.

미간을 좁혀 놈들의 면면을 확인했다.

―……이대로면 충돌합니다!

과학자들의 시뮬레이션엔 이렇듯 몬스터라는 변수는 없었다.

안 그래도 발사 자체가 쉽지 않은 상황이었다. 그것까지 고려한다면 절대 20일 내에 우주선을 발사할 수는 없었으리라.

-강서준 님……!

다급한 박명석의 목소리를 들으며 강서준은 몸을 고정하던 안전벨트를 해제했다.

그리고 옆에서 긴장한 얼굴로 스크린을 올려다보던 김훈에게 말했다.

"잠시 도와주셔야겠습니다."

"……네? 뭘 하시려고."

"새 떼를 쫓아내야죠."

강서준의 계획은 간단했다.

김훈의 공간 이동 능력으로 우주선의 외부로 이동하고, 파이어볼을 쏘든 검을 휘두르든 해서 레드 와이번을 쫓아내는 것.

"……죽을걸요."

"그건 걱정 말고요."

"아뇨. 이건 제아무리 강서준 님이라고 해도 너무 위험해요. 비행 중인 우주선의 밖으로 나간다니요!"

레드 와이번은 시시각각 가까워지고 있었다. 모르긴 몰라도 자살 테러라도 할 심산인지 그 날갯짓엔 머뭇거림이 없었다.

"안 하면 어차피 끝인걸요."

위험하다고 시도조차 안 하기엔 그들에겐 남은 여유가 없다.

이 우주선이 터진다면 어찌 될까.

그들이 죽는 것으로 끝나는 문제가 아니었다.

앞으로 9일 후, 지구는 달이라는 커다란 운석과 충돌하고 말 테니까.

"그리고 저 안 죽어요."

강서준은 이매망량을 발동시키며 온몸에 갑주를 뒤집어썼다. 마력까지 운용하여 뒤덮었으니, 아마도 괜찮을 것이다.

"최하나 씨. 우주선을 부탁할게요."

"……네. 몸조심해요."

상황이 이렇게 되니 김훈도 어쩔 수 없었다. 그는 도깨비로 변신한 강서준을 보면서 나지막이 말했다.

"죽지 마요. 강서준 님이 없으면 던전 공략이고 뭐고 결국 불가능한 일이니까."

"……그런 거 사망 플래그라니까요."

[플레이어, '김훈'이 '공간 이동(C)'을 발동했습니다.]

곧 몸이 붕 뜨는 감각과 함께 그의 시야가 확 트였다.

정신을 차렸을 때는 이미 그는 산소조차 희박한 하늘과 우주의 경계에 서 있었다.

멀리 레드 와이번이 가공할 만한 속도로 접근하는 게 보였다.

[장비. '용아병의 날개'를 발동합니다.]
[10분간 자유비행을 할 수 있습니다.]

'……그럼 시작해 볼까.'

강서준은 날개를 활짝 펼쳐 레드 와이번 무리를 향해 접근했다.

놈들도 강서준의 등장이 마음에 안 드는지 괴성을 지르며 불꽃을 뿜어냈다.

키악! 키아악!

날개를 접으며 속도를 올렸다. 날아오는 불덩어리는 가뿐히 피해 내고, 재앙의 유성검으로 레드 와이번의 목까지 긋는 건 한순간이었다.

놈들이 당황한 듯 울음을 토해 냈다.

'시간이 없어. 모두 일격에 끝낸다.'

과하다 싶을 정도로 마력을 집중시키며 레드 와이번의 무리를 휘젓고 다녔다.

도합 7마리의 레드 와이번.

놈들이 머리나 날개를 잃고 아래로 추락하게 되기까지 불과 4분도 걸리지 않았다.

강서준은 호흡조차 멈춘 채, 다시 하늘을 올려다봤다.

그나마 무호흡 전투가 익숙해서 다행이지.

'우주선은……?'

벌써 우주선은 지구의 궤도를 벗어나 우주로 향하고 있었다. 발사체가 분리되고 푸른 에너지를 뿜어내는 걸로 보면 마력 엔진은 성공이었다.

'……좋아. 죽기 아니면 까무러치기다.'

강서준은 이를 악물고 비행 방향을 정했다. 아이템의 성능인 '자유비행'이라면 우주에서도 비행이 가능할 것이다.

문제라면 그 시간인데.

강서준은 아래쪽으로 파이어볼을 내던지며 더욱 속력을 가했다. 마력으로 운용되는 불꽃이었기에 산소가 더 필요하진 않아 다행이었다.

'좀만 더. 조금만 더……!'

대기권을 뚫고 우주의 경계로 나아갔다. 거기서부터는 모든 게 그를 질러 대는 창처럼 시시각각 데미지로 느껴졌지만 아직은 버틸 만했다.

도깨비갑주의 영혼은 벗겨지지 않았다.

[장비, '용아병의 날개'가 해제됐습니다.]

아쉽게도 우주선에 도달하기도 전에 날개의 비행시간은 종료됐다.

끈 떨어진 강서준이 우주의 한 공간에 방치되는 순간이었다.

하지만.

'닿을 수 있어!'

여기까지 날아오던 추진력은 그의 어깨를 계속 밀어냈다.

결국 도깨비갑주가 꽤 너덜너덜해질 즈음.

강서준은 우주선에 닿을 수 있었다.

'서, 성공이야……'

천만다행이었다.

'……잿빛사막을 공략해 두길 잘했네.'

['방사선'에 노출되었습니다.]

[일부 항체를 발견했습니다. 방사능이 30% 줄어듭니다.]

[스킬, '초재생(F)'을 발동합니다.]

슬슬 벗겨진 도깨비갑주 안으로 기포가 끓고, 변질됐던 피부는 다시 원상 복구됐다.

일전에 오염된 지하벙커를 공략해서 방사선에 대한 항체를 만들어두지 않았다면, 꽤 위험했을지도 모르겠다.

F급 초재생만으로 우주 방사선을 버텨 낼 수는 없었으니

까.

투둑.

강서준은 자신의 몸을 두드리는 김훈을 확인했다. 그의 접근을 알아차렸는지 우주복을 완전 착용한 그는 울 것 같은 얼굴을 하고 있었다.

그는 강서준의 소맷자락을 잡아당겼다. 얼른 우주선 안으로 복귀하자는 신호였다.

하지만 강서준은 돌아가기 전에 한쪽을 손으로 가리켰다.

"……?"

우주에서 본 풍경.

푸른 바다에, 녹림으로 우거진 지구는 아포칼립스로 점철된 세상임에도, 여전히 범접할 수 없는 아름다움을 간직하고 있었다.

살아생전 본 적이 없는 전경.

'……나 출세한 건가. 우주에도 올라와 보네.'

강서준은 쓰게 웃으면서 김훈의 손을 붙잡고 다시 우주선 내부로 복귀했다.

안쪽엔 최하나도 스크린을 통해 지구를 보고 있었다.

그녀는 안도의 한숨을 길게 내뱉었다.

"그럼…… 다시 출발하겠습니다."

우주 너머로 날아온 탓인지 통신기기는 먹통이었다. 대답이 없는 지구를 향해서도 꿋꿋이 보고를 잇는 최하나.

어쨌든 마력을 운용해서 우주선의 방향을 조절했다.

쿠우웅.

2020년 3월 12일.

달 추락이라는 전무후무한 재난을 막기 위해 출발한 지구의 유일한 우주선.

광로호는 무사히 우주에 안착.

목적지인 달로 향할 수 있었다.

폐급 대장장이

취이이익.

광로호에 비치된 예비 우주복에서 헬멧이 접합되는 소리
였다.

강서준은 새로 장착한 우주복으로 이리저리 움직여 보며
말했다.

"난 준비됐어요. 나가 봅시다."

달.

지구의 유일한 자연 위성.

반지름만 약 1,700km에 다다르는 태양계 위성 중 다섯 번
째로 큰 행성을 말했다.

서울에서 올려다봤을 땐 손 한 뼘 정도의 크기에 불과했는

데. 막상 도착하고 보니 끝을 모르는 황량한 사막이 따로 없었다.

드넓은 땅엔 인위적인 빛은 한 점이 없어 다소 어두웠고.

그 위로는 수만 개의 별이 쏟아질 듯이 반짝이고 있었다.

강서준은 한걸음 내디뎠다.

"어어?"

김훈이 당황하며 허공을 휘저었다. 생각보다 달의 중력이 가벼웠기 때문이었다.

'달의 중력은 지구의 6분의 1이랬던가? 영화에서 봤던 그대로네.'

크게 힘을 주지 않아도 몸이 붕 떠올랐다. 중력이 없는 건 아니었지만, 지나치게 약하여 조금만 힘을 주면 우주까지 날아오를 것만 같다.

'조심해야겠는데.'

단순히 검의 길이만 달라져도 전투에 미미한 차이가 생겨나는 법이다.

당장 걷는 건 그렇다 쳐도 전투라도 벌어지면 곤란한 상황이 벌어지기 쉬웠다.

물론 강서준에게 통용되는 내용은 아니었다.

[스킬, '천무지체(S)'를 발동합니다.]

[신체를 전투에 최적화하는 중입니다.]

[외부 조건을 수용합니다.]

['달의 중력'에 적응합니다.]

[3, 2, 1…… 완료되었습니다.]

천무지체는 말 그대로 전투에 최적화하는 능력이다.

전장이 달이든, 물속이든, 우주든.

강서준에게 문제될 건 없었다.

덕분에 제멋대로 붕붕 뜨던 몸놀림도 지구에서 걷던 것처럼 자연스럽게 움직이기까지 오래 걸리지 않았다.

오히려 중력을 이용하여 큰 힘을 발휘하지 않아도 높이 뛰어오르거나, 더욱 빠른 이동을 해냈다.

'충분해.'

문득 강서준은 어떤 시선을 느끼고 고개를 돌렸다. 김훈이 허공을 바둥거리면서 터무니없단 얼굴로 강서준을 바라보고 있었다.

저 표정 안다.

학교 성적 발표일, 따로 공부한 건 없고 교과서만 읽었더니 만점을 받았다는 어느 전교 1등을 바라보는 눈빛이다.

"……다들 적응했으면 슬슬 던전 탐사를 시작합시다. 나도석 씨?"

중력을 이용해서 각종 운동 자세를 시도해 보던 나도석을 불러들이고, 적응을 위해서 다양한 움직임을 시도하던 최하나도 돌아왔다.

김훈도 공간 이동으로 땅에 안착했다.

강서준은 한쪽을 가리키며 말했다.

"던전은 저 언덕 너머에 있어요."

달에 착지하기 전에 목적지인 던전은 이미 위치를 파악해 뒀다. 저 너머에 각종 몬스터도 있었다.

[′인비저블 모드′로 진입합니다.]

우주선의 전자 패널을 조작하니 ′광로호′는 꽤 그럴듯하게 희미해졌다.

링링이 추가로 넣어 둔 자체적인 우주선 보호 기능. 이로써 우주선이 몬스터에게 발각당할 확률이 조금은 줄었다.

"그럼 이동합시다."

그리고 언덕 위에 도착했다.

"저놈은……."

광로호에서 바로 보이는 언덕.

새카만 하늘과 별들을 배경 삼아 뛰어노는 각종 동물들이 보였다.

토끼, 강아지, 참새…….

달 위에 세워진 작은 동물농장.

키잇…… 킷!

'문제는 저게 다 몬스터란 건데.'

외관상 귀엽게만 보였지만 방심할 수는 없었다. 애초에 달 위에 토끼가 뛰어다닐 리는 없었다.

동화처럼 절구를 찧을 것도 아니고.

'다양한 종류로 보이지만 결국 한 종류의 몬스터일 거야. 분명 공통점이…….'

강서준은 생각을 정리하며 나지막이 한숨을 쉬었다. 의외로 쉽게 몬스터가 무언지 특정할 수 있었다.

"……흡혈 바이러스군요."

포자 바이러스처럼 생명체의 몸에 기생하여 살아가는 '바이러스 형태의 몬스터'.

이른바 흡혈귀다.

그러니 저토록 다양한 동물들이 같은 종류의 몬스터로 분류되고, 던전 브레이크를 통해 밖으로 뛰어나온 거겠지.

결국 몬스터는 저 몸속에 있다.

"던전의 입구는 아마 저걸 겁니다."

깡충깡충 뛰노는 토끼들이 강아지랑 술래잡기를 하는 언덕. 그 사이에 커다란 관 하나가 있었다.

손잡이가 달려 있다.

'관 짝도 문은 문이라는 건가.'

죽음으로 가는 문?

어쨌든 손잡이가 달렸고 열고 닫는 생김새면 '문'으로 보일 수도 있었다.

게다가 관이 던전 브레이크를 예고하듯 붉게 일렁이고 있었다. 저것만큼 명백한 증거는 없을 것이다.

강서준은 나지막이 말했다.

"흡혈 바이러스는 목덜미만 조심하면 됩니다. 놈의 송곳니가 목덜미를 찌르지 않도록 주의하세요."

이에 김훈이 답했다.

"송곳니랄 건 안 보이는데요?"

당장 보기엔 작고 귀여운 동물들이겠지. 흡혈귀의 어떤 특징도 찾을 수 없는 건 당연했다.

정말이지 뭘 모르는 소리다.

"……보면 알게 될 겁니다."

그리고 말을 덧붙였다.

"어차피 우린 어떤 상처도 입어선 안 된다는 거 알죠? 다들 알아서 조심하고요."

강서준이야 우주복이 찢어져도 버틸 수 있지만 다른 사람들은 어떨까.

방사선에 면역이 없는 한 나도석과 최하나도 치명적일 것이다.

"그럼 최하나 씨?"

고개를 끄덕인 마탄의 리볼버를 꺼내어 마력을 집적시켰다.

무리에서 가장 멀리 떨어진 한 마리의 토끼를 향해 겨눴다.

피유우웅.

우주라서 소리가 퍼지질 않는 걸까.

혹은 그녀의 스킬이 전보다 수준이 높아진 걸까.

마탄은 아주 고요하게 토끼의 어깨를 관통했고, 토끼는 이쪽을 노려보며 사납게 소리 질렀다.

키아아아앗!

폴짝폴짝 뛰어오는 토끼.

점차 그 생김새가 기괴하게 변하기 시작했다.

귀여운 얼굴에서 눈이 파리처럼 여러 개로 늘어나고, 입을 벌리니 수십 개나 되는 송곳니가 돋보였다.

[몬스터, '흡혈 토끼(D)'가 '전력 박치기'를 발동합니다.]

귀여운 외관에 숨겨진 흉악한 몬스터의 면모.

강서준은 호흡을 짧게 내뱉으며 재앙의 유성검을 흡혈 토끼의 머리에 찔러 넣었다.

[몬스터, '흡혈 토끼(D)'를 처치했습니다.]

[경험치를 습득했습니다.]

"보다시피 어려운 놈은 아니니까, 너무 걱정하진 말고요."

"……알겠습니다."

이후로 일행은 던전을 향해 직선으로 나아갔다. 근처의 몬스터들이 어그로가 끌리는 건 금방이었다.

키아아아앗!

근접하니 더욱 자세히 보이는 흡혈 바이러스의 진짜 모습들.

강아지의 혓바닥이 수 갈래로 갈라져 채찍처럼 휘둘러졌다. 참새는 편대비행을 펼치며 집요하게 부리를 쪼아 댔다.

[스킬, '파이어볼(F)'을 발동합니다.]

마력으로 조형된 불덩어리가 허공을 갈랐다. 산소가 없으니 지구보다 성능은 반절이 줄었지만, 참새를 쫓는 덴 이만한 건 없었다.

"으라차!"

나도석은 강아지의 혓바닥을 움켜쥐어 도리어 휘둘렀다.

우주였고, 공격조차 허용해선 안 된다는 불리한 조건임에도 전투는 순조롭게 흘러갔다.

어쩌면 당연했다.

제아무리 흡혈 바이러스라고 해도 고작 100을 채 넘기지 못하는 놈들이다.

평균 레벨이 120을 넘기는 그들의 상대가 되는 게 더 이상할 것이다.

[몬스터 '흡혈 강아지(D)'를 처치했습니다.]
[경험치를 습득했습니다.]

마지막으로 흡혈 강아지를 쓰러트리면서 전투는 일단락시킬 수 있었다.

걱정했던 것보다 싱거운 공략이 아닐 수 없었다.

'됐어…… 어차피 이게 메인이 아니니까.'

강서준은 검신에 묻은 피를 게걸스럽게 먹어 대는 재앙의 유성검을 일별했다.

달 추락의 모든 원흉인 던전이 고요하게 눈앞에 있었다.

먼저 던전의 정보를 확인해 봤다.

최하나가 미간을 좁히며 말했다.

"서준 씨…… 아무래도 이 던전."

그녀의 말이 끝나기도 전에 강서준은 뒷말을 예상했다. 마침 그도 같은 생각을 떠올리고 있었다.

[C급 던전, '재앙의 유성'을 발견했습니다.]

우연이 아닐 것이다.

'유성, 흡혈 바이러스…….'

아마 그는 이 던전에 대해서 알고 있다. 최하나도 그렇다. 어쩌면 많은 플레이어들이 알고 있을 것이다.

여긴 드림 사이드 1에서 공략했었던 던전이니까.

'그때는 B급 던전이었지만…….'

문제는 그게 아니다.

예상대로라면, 이 던전은 무엇보다 다른 특징을 갖고 있었으니까.

강서준은 손에 쥔 '재앙의 유성검'을 내려다봤다. 모르긴 몰라도 이렇게 되면 상황은 최악으로 치닫는다.

'재앙의 유성이라…….'

달 추락까지는 앞으로 9일.

강서준이 공략해야 할 '달 던전', 일명 '재앙의 유성'은 재앙의 유성검의 모태가 됐던 던전.

그리고, 여긴 테마 던전이다.

✦

테마 던전.

던전의 입장과 동시에 퀘스트가 주어지고, 이를 풀이해 나가며 보스 몬스터를 향해 진입하는 특수 던전.

D급에서부터 일종의 시나리오를 가졌던 테마 던전은 C급부터는 더더욱 그 장르가 깊어진다.

C급의 테마 던전.

이 던전은 전투력이 아무리 높다 한들 하루아침에 공략할 수 있는 유형이 아니었다.

'리자드맨의 우물은 시나리오가 있더라도 그 적이 명백한 리자드왕만 죽여도 승리할 수 있었겠지.'

여기부터는 그런 편법은 통하지 않는다. 말했듯, C급의 테마 던전은 시나리오의 영역이 더욱 강해지기 때문이었다.

하물며 여긴 그가 알던 '재앙의 유성'과는 확연히 다를 것이다. C급 던전은 말하자면 B급 던전의 과거와도 같으니까.

도움이야 되겠지만, 그의 지식이 모두 통용된다고 할 수 없었다.

"……일단 다들 모여 봐요."

강서준은 간략하게 사람들에게 테마 던전에 대한 설명을 읊어 줬다. 부족한 내용은 최하나가 덧붙여서 알려 줬다.

김훈이 물었다.

"……그러니까 저흰 어떤 역할을 가지게 된다는 겁니까?"

"네. 각자 수행해야 할 임무도 다를 겁니다."

"허……."

역할.

C급의 테마 던전은 플레이어에게 연기해야 할 일종의 '역할'을 부여한다.

"우린 이 시나리오의 배역이 되어 결말을 완성해야 합니다. 그게 던전의 유일한 공략법이죠."

그게 문제였다.

'주어지는 역할에 따라서 스텟과 스킬이 모두 바뀌고 마니까.'

플레이어의 역량에 따라서 시나리오의 난이도가 바뀔 것이다. 여긴 단순히 레벨 업만 했다고 공략할 수 있는 던전이 아니었다.

김훈이 긴장한 얼굴로 되물었다.

"함께 움직일 수는 없는 겁니까?"

"시작점이 전부 다를 거예요."

"그럼 서로 어떻게 만나죠?"

참고로 배역이 된다는 건 생김새도 변한다는 걸 의미했다. 던전 안에서 서로를 마주해도 누가 누군지 알아볼 수 없다는 것이다.

강서준은 암구호를 만들기로 했다.

"박수로 서로 알아보기로 하죠."

"박수요?"

"한국인이라면 모를 수가 없겠죠?"

짜악! 짝짝짝!

짜작! 짝! 짝짝!

"……국뽕 비트라. 좋네요."

게임을 모르는 나도석조차 이 박수를 알고 있다. 그는 2002년 월드컵을 똑똑히 기억했으니까.

하지만 그는 볼멘소리도 냈다.

"차라리 서로 이름을 밝히는 게 낫지 않아? 귀찮게 뭐 하러 그래?"

"말했듯이 역할을 연기해야 해요. 만약 연기에 실패해서 정체가 들통나면 해당 플레이어는 던전에서 추방당한다고요."

문제는 한 번 추방당한 플레이어는 다시는 같은 던전을 공략할 수 없다는 규칙이다.

새삼스럽지만 '드림 사이드'다운 거지같이 어려운 난이도였다.

"끙…… 알겠다."

그 말을 끝으로 일행은 동시에 관을 내려다봤다. 더 이상 자세한 설명은 의미가 없었다.

이젠 직접 겪어서 풀어내야 하는 것들뿐이니까.

"다들 준비됐습니까?"

무거운 침묵은 긍정의 의미를 담았다. 서로 시선을 교차하던 일행은 묵묵히 관 뚜껑을 열었다.

[C급 던전 '재앙의 유성'에 진입했습니다.]

[이곳은 '테마 던전'입니다.]

[당신에게 '배역'이 주어집니다.]

우우우웅.

몸이 붕 뜨는 느낌과 함께 일행의 모습이 먹으로 지우듯
사라졌다.

달 위에 있던 강서준은 어느덧 주변에 열기가 가득 차오르
는 걸 깨달았다.

뭐지?

의문이 떠오를 즈음 시야가 확장됐다. 그가 수행해야 할
배역이 결정된 것이다.

"병신 주제에…… 뭘 꼴아봐?"

퍼어억!

묵직하게 날아온 주먹!

강서준은 저도 모르게 막을 뻔했던 순간을 참아 내며, 그
주먹에 몸을 맡겼다.

새우처럼 꺾인 등.

그리고 바닥에 널브러진 채로 눈알만 굴렸다. 그를 중심으
로 키가 작고 수염이 길게 난 꼬마들이 욕지거리를 내뱉고
있었다.

"너는 우리 드워프의 수치야!"

"죽어, 이 새끼야!"

'카악, 퉤!

침까지 날아온다.

강서준은 나지막이 시스템 메시지를 들었다.

[당신은 '폐급 대장장이, 드워프 씬'이 되었습니다.]

<hr />

익숙하지 않은 유황 냄새가 코끝을 저몄다. 더더욱 지워지지 않는 통증이 온몸을 장식했다.

끝을 모르고 내리쳐지는 폭행.

"……크윽!"

강서준은 한껏 멍든 눈으로 가해자들을 올려다봤다.

생긴 건 고블린 저리 가라 할 정도로 못생긴 녀석들이었다. 무심한 발길질은 계속됐다.

상황은 바로 이해했다.

'……최악은 현실이 됐네.'

[C급 테마 던전 '재앙의 유성'에 진입했습니다. 시스템에 의해 페널티가 부여됩니다.]

[스텟이 봉인됐습니다.]

[스킬이 봉인됐습니다.]

[당신은 '드워프 씬'의 스텟과 스킬을 사용할 수 있습니다.]

말 그대로 '드워프 씬'이 되었다.

종전까지만 해도 가볍던 몸이 더더욱 무거워지고, 아무리 맞아도 '초재생'이 발동하지 않는 이유였다.

'인벤토리는 잠기지 않았으니 그건 다행인가.'

"야, 야…… 얘 죽겠다."

"뭐? 벌써? 얼마나 맞았다고?"

"괜히 송장 치우기 전에 그만 가자."

겨우 폭행을 멈춘 드워프들이 침을 칵 뱉은 뒤, 그대로 가벼운 발걸음으로 멀어졌다.

통증을 겨우 밀어낸 강서준은 긴 한숨을 뱉어 냈다.

"후우…… 더럽게 아프네."

천무지체로 인해 통증은 꽤 익숙해졌었는데. 그조차 '드워프 씬'이 되니 하나하나 생생하게 느껴졌다.

전신을 날카로운 날붙이로 베어 낸 듯 후끈거리기도 했다.

강서준은 멍든 눈을 겨우 치켜뜨며 주변을 둘러봤다.

"여긴 창고인가?"

가까이에 걸린 은빛 방패에 다가갔다. 일단 확인하고픈 게 있었다.

"하……."

은빛 방패로부터 반사되어 비친 강서준의 얼굴.

대단히 잘생긴 편은 아니었지만 꽤 훤칠했던 그의 얼굴은 씻은 듯이 사라져 있었다.

한라봉처럼 두터운 코. 툭 째진 눈. 여기저기 뾰루지가 올라온 피부에 길게 늘어진 수염까지.

일단 그는 '인간'이 아니었다.

종전의 그를 때리고 떠나간 놈들과 생김새도 다를 게 없었다.

'정말 드워프가 되다니.'

그렇다면 그의 동료들도 하나같이 알 수 없는 모습으로 변했을 것이다.

과연 다들 어디로 갔을까?

강서준은 가볍게 혀를 찼다.

'남 걱정할 때가 아니지.'

그는 뻐근한 몸을 억지로 여기저기 움직여 봤다. 뭐가 됐든 스스로의 상태를 파악해 보는 게 우선.

'상태창.'

곧 정보가 나타났다.

상태창

이름 : 드워프 씬 – Lv. 120
나이 : 21세
직업 : 폐급 대장장이
스텟 : [근력 37], [민첩 43], [체력 20], [마력 495]

······이 무슨 괴랄한 수치란 말인가.

'마력만 495라고?'

터무니없는 스텟 분배다. 어찌 대장장이가 근력과 체력이 합해서 100을 못 넘긴단 말인가.

'이러니 폐급 대장장이라는 소리나 듣지. 어이가 없네. 왜 마력만 뻥튀기되어 있는 건데?'

물론 대장장이에게 마력이 있으면 나쁠 건 없다. '마검'이나 '마도구'를 만들 땐 당연히 마력이 필수로 필요하니까.

하지만 그조차 제작이 가능하다는 선에서 필요한 능력이 아닌가.

'이 정도 수치로는 어려워. 망치도 제대로 못 휘두를 것 같은데.'

레벨이 120이다.

즉 그만한 수준의 망치를 휘둘러 무기를 제작할 텐데, 그의 근력은 '드워프의 망치'는커녕 '인간의 망치'조차 다루지 못한다.

쉽게 말하자면 직업을 잘못 고른 케이스였다.

이런 수치는 마법사가 되어야 한다.

'스킬도 제작은 F면서 파괴는 S네.'

마력이 과하게 넘친 대가였다.

씬이 휘두르는 망치엔 저도 모르게 '강대한 마력'이 깃들 것이고, 정갈하게 정돈되지 못한 마력은 재료만 상하게 만든다.

정말이지 대장장이와는 거리가 멀었다.

'이 몸은 전투조차 안 돼.'

고효율 엔진을 장착한 종이 인형과 다를 게 없을 것이다. 출력을 높이면 여기저기 신체에 과부하가 걸려 찢겨 나갈 테니까.

어느 정도 체력이 뒷받침해 준다면 더 좋았을 텐데…….

"이잇! 아직까지 여기서 뭐 하는 거얏!"

돌연 시선을 잡아끄는 목소리가 있었다. 고개를 돌려 확인해 보니 그와 마찬가지로 땅딸보 같은 드워프가 성난 얼굴을 하고 있었다.

누구지?

"재료를 만들어 오는 것이냐? 심부름조차 제대로 못해서 대체 무얼 하려는 게야!"

"……."

"네놈은 스승의 말이 말 같지 않더냐?"

스승이었나.

이놈의 드워프들은 하나같이 노안이라 종전까지 그를 괴롭히던 놈도 구분하기 어려웠다.

심지어 21살인 '씬'조차 노인 같았다.

강서준은 바로 납작 고개를 숙였다.

"죄, 죄송합니다……."

"에잉! 쓸모없는 놈. 됐다! 네놈에게 뭘 시킨 내가 잘못이지."

스승은 강서준의 어깨를 팍 밀치고 휘적휘적 무언가를 찾기 시작했다. 그리고 튕겨 나간 강서준은 터무니없어서 헛웃음을 지었다.

'도대체 뭔 몸이…….'

고작 어깨를 부딪쳤을 뿐인데도 HP가 감소했다. 어깨빵조차 꽤 아픈 것이다.

"한심한 놈…… 언제까지 농땡이를 부릴 셈이냐? 얼른 안 튀어나와?"

수북하게 재료를 양쪽 어깨에 짊어진 스승은 욕을 읊으면서 창고 밖으로 나가 버렸다.

강서준도 부랴부랴 정신을 차리고 무거운 문을 밀어 그 뒤를 쫓았다.

쿠르르륵.

콰앙!

화아악!

바로 느껴지는 열기!

사방에서 부지런히 움직이며 무언가를 만드는 드워프가 득실거리는 곳이었다.

뭐랄까.

첫 느낌은 장인들의 공방보다는.

'……공장 같네.'

일정한 리듬에 맞추어 두드리는 망치질.

레일에 따라서 움직이는 기성품들.

다들 하나의 기계처럼 같은 물건을 양산하고 있었다. 스승이 대뜸 큰 목소리를 냈다.

"납품은 내일이다. 정신 똑바로 차려! 늦으면 국물도 없어!"

"네! 스승님!"

그리고 멀뚱멀뚱 서 있는 강서준을 향해 스승이 더욱 호통을 쳤다.

"얼른 자리로 안 돌아가냐! 에잉! 쓸모없는 놈!"

그 호통에 주변 드워프들의 비웃음이 노골적으로 들려왔다. 꽤 익숙한 상황으로 받아들여졌다.

'……후우.'

일단 강서준은 씬의 자리를 찾기로 했다. 모르긴 몰라도 '폐급 대장장이'라 불리는 씬이 공장처럼 돌아가는 레일 쪽에서 일할 것 같진 않았다.

저들처럼 망치질을 하다 보면 씬은 진즉에 과로로 죽었다.

이윽고 그는 후미진 곳에 위치한 '폐기처리장'을 발견할 수 있었다.

고장 난 장비들을 한데 모아서 용광로에 녹이고, 다시 재료를 추출하는 곳이었다.

"……괜찮아?"

가까이 다가가니 이름 모를 드워프가 다가왔다. 친절하게 말을 거는 걸로 보아 씬의 지인인 걸까.

"심하게도 당했네. 기다려 봐. 약초가 남았을 거야."

눈앞의 드워프는 깨진 안경을 쓰고 있었다. 그의 몰골도 여기저기 찢어져 있어서 씬과 상태는 크게 다르진 않았다.

아무래도 괴롭힘을 당하는 건 씬만이 그런 게 아닌 듯했다.

'모두……'

모르긴 몰라도, 이곳 '폐기처리장'에서 근무하는 드워프들 중 정상은 없을 것이다.

모두 하자가 있는 이들.

공방의 다른 드워프들에게 배척받는, 일종의 '폐급 대장장이의 집합'이 따로 없었다.

그리고 새삼스럽게 깨닫는다.

'여기로구나. 퀘스트의 시작점.'

테마 던전의 장점 아닌 장점은, 애써 시나리오를 찾을 필요도 없이 알아서 시나리오가 굴러 들어온다는 것.

강서준이 폐기처리장의 제 자리에 앉은 시점이었다.

[시나리오 지역에 입장했습니다.]

[새로운 퀘스트가 도착했습니다.]

퀘스트 - 대장장이 씬

분류 : 시나리오
난이도 : C+
조건 : 씬은 '폐급 대장장이'로 스승의 관심 밖의 인물입니다. 당신은 '폐
급 대장장이' 씬을 어엿한 '대장장이'로 성장시켜야 합니다.
제한 시간 : 9일
보상 : 스승의 인정
실패 시 : 추방

*주어지는 미션을 수행하십시오. 당신에게 도움이 될 겁니다.

이후, 도착한 첫 번째 미션.

불순물 제거 (0/100)

*성공 시, 근력이 1 상승합니다.

'……대장장이가 되라고.'

강서준은 조심스레 망치를 꽉 쥐어 보았다. 작은 소도구

주제에 천근이라도 되듯 무겁게 느껴졌다.

그래도 두드려 본다.

깡! 깡! 깡!

산더미처럼 쌓여 있는 망가진 장비를 두드릴수록 어깨가 빠질 듯이 아파 왔다.

그래도 퀘스트가 있으니 해 본다.

100개의 장비에서 불순물만 제거해도 근력을 추가로 상승시킬 수 있으니 뭐가 됐든 움직이는 게 이득이었다.

'……근데 이게 정답일까.'

100개의 장비를 분해하면 주어지는 스텟이 고작 근력 1.

과연. 이런 방식으로 9일 안에 공략할 수 있을까?

까아앙!

복잡한 머릿속과는 다르게 손은 무아지경으로 불순물을 제거해 나갔다.

　

"흐음……."

최하나는 그윽한 커피향이 가득한 서재에서 눈을 떴다.

정갈하게 정리된 서재. 먼지 한 톨 찾아보기 어려웠다.

"백작님."

옆에서 시중을 들던 노령의 집사. 그가 다가오더니 대뜸 허리를 숙이며 말했다.

"마차가 준비됐습니다."

"……조금, 조금만 기다리라고 해라."

최대한 자연스럽게 말을 꺼내려던 그녀였지만, 문득 느껴지는 낯선 목소리에 잠시 경직됐다.

그래도 일단 자연스럽게 넘겼다.

집사는 물러가고 최하나는 서재에 깔린 여러 서류들을 흘 깃 살펴봤다.

연쇄 실종 사건에 대해서
월령교 최종 조사 문서
독과점 상인회 목록

최하나는 서류들을 대충 훑어보고 겨우 한숨을 내뱉었다.

새삼스레 던전에 들어왔다는 게 실감이 났기 때문이었다.

또한 테마 던전일지도 모른다는 예상이 빗나가지 않았다는 것도 깨달았다.

"그렇다 해도 남자가 되다니……."

백작 카므리엘.

거울에 비친 모습은 핏기가 하나도 없는 새하얀 안색의 미남이었다.

자세히 보아하니 얼굴에 하얀 분을 덕지덕지 발라 놓고 있었다.

"……백작님."

"알겠네. 곧 가지."

최하나가 시간을 꽤 끌었을까. 집사가 불안한 얼굴로 다가와 그녀를 재촉했다.

최하나도 어쩔 수 없이 서재를 벗어나 그 뒤를 따라 움직였다.

'큰 성이야. 하긴 백작이면…….'

문득 종전에 봤던 서류들을 떠올렸다. 그녀가 수행해야 할 '백작 카브리엘'은 이 나라에서 아주 중요한 위치에 선 자 같았다.

'남자가 된 건 의외지만, 시작은 괜찮겠어.'

태생은 운이다.

같은 시나리오에 떨어지더라도 누구는 밑바닥부터 시작하겠지만, 또 누구는 별다른 노력 없이도 그 위치에 다다른다.

최하나는 멋스럽게 꾸며진 마차에 도착했다. 기사들이 도열해 있었다. 집사가 앞서서 문을 활짝 열었다.

"……공주님?"

공주 비올레타.

마차 안쪽에는 서재에 있는 서류로 미리 확인해 뒀던 '비올레타 공주'가 앉아 있었다. 자칫 큰 실수를 저지를 뻔했다.

최하나는 가능한 능숙하게 연기했다.

가수 생활에 연기 경력 10년.

이 정도 정극이야 문제없다.

"공주님께서도 함께하시는군요."

"……그렇게 됐어."

여린 외모만큼이나 목소리도 청량했다. 가수를 했다면 음원 차트 상위권은 가뿐히 차지하지 않을까.

탐나는 음색이다.

"그럼 출발하지."

마차의 문이 닫히고 덜컹이는 마차는 말들의 작은 투레질과 함께 이동을 개시했다.

그나저나 어두운 밤.

백작과 공주가 한 마차를 타고 이동하는 곳이 대관절 어디일까.

최하나는 살짝 커튼을 열어 바깥을 살폈다. 마차는 산골 깊숙이 들어가고 있어 당장 어두운 수풀만이 보이고 있었다.

정보는 없었다.

최하나가 다음으로 집중한 건 비올레타 공주였다.

공주라면 뭘 알긴 알겠지.

"저, 공주님?"

"응?"

다시 봐도 청순가련한 얼굴이다.

생각해 보면 그녀가 속했었던 걸 그룹에도 비슷하게 생긴 동생이 있었다.

나이도 네 살이나 어려서 꽤 챙겨 줬는데.

……살아는 있으려나?

후우.

"불편한 곳은 없으신지요?"

일단 친해지는 것부터 시작하자.

한눈에 봐도 공주는 경계심이 많은 눈치였다. 그녀에게서 무언가를 끄집어내려면 마음의 문에 노크부터 해 봐야 할 것이다.

"난 괜찮……."

그때였다.

마차가 한 번 크게 덜컹이더니, 바깥에서 괴이한 소음이 울렸다.

언뜻 옆으로 젖혀진 커튼.

그 너머로 괴상하게 생긴 얼굴이 코앞까지 다가왔다.

공주가 대뜸 말했다.

"으, 시발. 깜짝이야."

그러더니 곧 입을 막았다.

당황한 얼굴로 최하나의 눈치를 보며 입술을 잘근 깨무는 공주.

그녀는 조심스레 손뼉을 마주쳤다.

짜악, 짝짝짝.

간절한 얼굴로 보고 있는 공주.

최하나는 낮게 한숨을 내뱉으며 익숙한 국뽕 비트로 응답해 줬다.

당황했던 공주의 안색이 대번에 밝아졌다.

"휴, 살았네. 너 누구야? 강서준?"

그리고 깨닫는다.

아이돌 동생을 떠올릴 정도로 청초하고 아리따운 공주의 정체가 누구인지.

"……나도석 씨."

하여간 편견 없는 게임이다.

강서준은 대뜸 말했다.

"우리도 출품하자."

"……씬, 뜬금없이 무슨 소리야?"

"조만간 왕국 연회에 제출할 '신작' 말이야. 그거 우리도 한번 도전해 보자고."

폐기처리장에서만 이틀.

강서준은 그동안 근력과 체력을 도합 10 가까이 올렸으며, 씬을 연기하며 동료들 사이에 완전히 녹아들 수 있었다.

추가로 얻어 낸 정보는 덤.

그래서 확신했다.

첫 번째 시나리오 퀘스트는 단순 노가다를 통해서 스텟을 올려 공략하는 퀘스트가 아니었다.

'요점은 어엿한 대장장이가 되는 거야. 스텟은 상관없어.'

어엿한 대장장이라는 기준에 반드시 대장장이에 어울리는 스텟을 올리라는 규칙이 있었나?

아니.

오히려 퀘스트 내용엔 씬이 '폐급 대장장이'라 불리는 이유는 다르게 적혀 있었다.

'스승의 관심 밖이라서.'

즉 폐급 대장장이인 이유는 고작 스승의 인정을 받지 못했기 때문이었다.

막말로 마력만 쓸데없이 많은 스텟이라 해도 물건만 잘 만들어 낸다면 평가는 달라지는 것이다.

'그땐 마력이 많은 폐급이 아니라 개성이 되겠지. 이런 대장장이가 세상에 어디에 있냐고.'

물론 준수한 스텟을 쌓아 기술과 역량을 끌어올리는 게 좋은 방법일지도 모른다. 자연스레 스승에게 인정받을 수도 있을 테니까.

하지만 시간이 부족했다.

이번 퀘스트에선 실패한 공략이 될 것이다.

'그러니까 특별한 이벤트를 찾아야 해.'

강서준은 호기심을 품고 자신을 바라보는 폐기처리장의
드워프들에게 재차 입을 열었다.

"폐기처리장의 직원이라고 출품하지 말란 법은 없잖아."

여기서 말하는 '출품'이란 반기마다 왕국 연회에 공방에서
내보이는 신작품을 선출하는 과정이었고.

'신작'은 말 그대로 공방에서 스승의 인정을 받아, 왕에게
선보일 정도로 우수한 작품을 말했다.

'스승의 눈에 들기 딱 좋아.'

하지만 동료들은 벙 찐 얼굴을 했다.

"그러니까 우리 따위가 뭘 어떻게 한다는 거야? 매주 납품
하는 보급형 장비조차 제대로 못 만들어서 여기에 있는 건
데⋯⋯."

폐기처리장에서 유일하게 안경을 쓴 알베르토가 우려 섞
인 목소리를 냈다. 말은 하진 않아도 다른 드워프들도 같은
표정이었다.

그리고 맞는 말이었다.

폐기처리장은 말 그대로 하자 있는 드워프들을 모아 둔 일
종의 쓰레기 집합소.

강서준처럼 대장장이에 어울리지 않는 스텟이나 스킬을
가진 이들만이 근무하는 곳이었다.

그런데 반기마다 공방을 대표하는 신작을 만들어 내겠다
고?

웃기지도 않는 일이었다.

강서준은 혀를 차면서 말했다.

"언제까지 여기서 장비만 부숴 대며 지내고 싶진 않잖아."

"그야 그렇지만……."

그때였다.

멀리 재료를 운반하러 떠난 폐기처리장의 막내 '콜'이 단말마의 비명을 지른 건.

"으아앗!"

그 앞으로 쏟아진 재료 더미. 수북하게 흩뿌려진 재료는 철 조각이었고, 그 위로 넘어진 콜의 얼굴엔 철 조각이 가득 박혔다.

"에이씨, 폐급 새끼가……."

그리고 철 조각에 파묻혀 다친 콜의 상태를 살펴보지도 않는 드워프들. 그들은 오히려 걸리적거린다는 이유로 콜의 복부를 걷어찼다.

"저리 안 꺼져? 쓸모없는 새끼가!"

"크헉!"

"재수 없게 진짜."

놈은 껄렁대는 말투로 침을 칵 뱉고 멀어졌다. 바닥에 피투성이로 쓰러진 콜은 폐기처리장의 동료들이 데려갈 때까지 그대로 방치되어 있었다.

알베르토는 빠르게 콜의 얼굴에 박힌 철 조각들을 떼어 주었다. 몇몇 동료들은 자석도 가져왔다.

다행히 각막까지 손상된 건 아니었다.

콜의 상태는 금세 나아졌다.

하지만 폐기처리장은 무거운 침묵에 둘러싸였다.

이런 상황을 원한 적은 없었지만, 미묘하게 흐름은 강서준에게 나쁘지 않게 흘러가고 있었다.

"……씬."

"응?"

"신작을 만들자고 했지?"

그리고 그들의 눈엔 고요하게 불꽃이 타오르고 있었다. 종전까지만 해도 패배감에 휩싸였던 폐급들의 눈동자는 아니었다.

알베르토가 말했다.

"요 며칠 동안 손이 부르트도록 망치를 휘두르는 널 보면서 많이 반성했어. 나도 여태 너만큼 노력한 적이 있는지 고민하게 되더라."

가만히 있기도 뭣하고 조금이라도 스텟을 올리면 도움이 되겠지 싶어서 한 노가다였다.

"업무 시간이 지나도 잠 한숨 안 자고 공방의 불이 켜진 걸 봤어. 너는 그 수모를 겪고도 포기하질 않는 거겠지."

남은 시간이 7일이다.

그 시간 안에 이 던전을 공략하질 못하면 지구는 멸망한다. 밤을 새우는 건 어쩔 수 없었다.

"난 하겠어."

"정말?"

"내가 이따위로 살려고 태어난 건 아니야."

의도한 건 아니었지만, 알베르토의 눈엔 열망이 차올랐다. 그 불꽃은 동료들의 시선을 따라 옮겨붙었다.

결국 폐기처리장 전원이 강서준의 의견을 따라서 '신작'에 도전하는 '출품작' 생산에 동의한 것이다.

그리고 알베르토가 말했다.

"근데 마감까지 이틀밖에 안 남았는데."

"그러니까 같이 만들어야지."

"……같이 만든다고?"

강서준은 피식 웃으면서 동료들의 머리를 모았다. 이번 공략의 첫 단추는 '협업'이었다.

✦

시간은 금방 흘렀다.

"어떡해, 어떡해? 오늘이야. 어떡해?"

"알베르토. 진정해."

"하지만 씬! 나 출품 처음이란 말이야!"

강서준은 쓰게 웃으며 다크서클이 짙게 내려앉은 동료들

을 이끌고 경연이 펼쳐지는 스승의 자리로 향했다.

"으응? 폐급들 아니야?"

"쟤네들이 여길 왜 와?"

"설마 출품할 생각인가?"

숱한 의문을 토해 낸 다른 드워프들의 목소리가 비웃음으로 이어지는 건 금방이었다. 그들은 지나가는 폐기처리장 동료들을 향해 비아냥을 해 댔다.

알베르토를 비롯한 드워프들의 어깨가 축 늘어졌다.

강서준이 말했다.

"어깨 펴. 우리가 더 잘났으니까."

"……씬, 너는 떨리지도 않아?"

"떨리지. 근데 그게 날 좌우하진 않아."

두려움을 마주하는 일은 떨리는 게 당연한 일이다. 하지만 강서준은 그 감정으로 현실이 결정되길 원하지 않았다.

이번에도 그럴 것이다.

'폐급? 웃기고 있네.'

강서준은 보무도 당당하게 스승을 향해 나아갔다.

스승은 뭐가 그리 불만스러운지 잔뜩 구겨진 얼굴로 출품작들을 발로 뻥뻥 차 대고 있었다.

"에이잉, 전부 똑같은 것들뿐이잖아. 보고 베꼈어? 나 망신 주려고 다들 작정이라도 한 거야? 응?"

"이것도 장비라고 만든 것이냐? 장난해?"

"에이이잉, 마음에 드는 게 하나도 없구나!"

한창 못 미더운 눈을 치켜뜨던 스승은 강서준을 발견하더니 물었다.

"뭐야? 설마 제출하러 온 것이냐?"

스승의 말에 발로 깡깡 차였던 출품작 주인 놈들도 강서준 일행을 보면서 비웃음을 터뜨렸다.

그들보다 못나 보이는 폐급 대장장이들의 등장에 어깨도 살짝 펴진 모양이었다.

강서준은 놈들을 가볍게 무시하며 스승을 바라봤다.

"이건 무엇이냐?"

"흑철 슈트라고 합니다."

"슈트? 흑철? 설마 내가 아는 그 흑철이 맞느냐?"

흑철은 폐기처리장에서 특히 남아도는 찌꺼기 철들을 모은 걸 말했다. 본래라면 장비를 만드는 데에 쓰이는 재료가 아니었다.

"네. 흑철로 만든 장비입니다."

예상대로 주변에 있던 드워프들의 웃음이 터졌다. 비난에 가까운 적나라한 말투였다.

"크하하! 흑철 따위로 만드는 장비라니 획기적이긴 하네!"

"쓰레기들 모아서 쓰레기를 만들다니. 폐급들 머리통은 정말 이해할 수 없다니까. 크큭!"

거참.

자기들 출품작들은 허접해서 발로 차인 주제에, 뭘 그리 잘나서 입만 나불대는지.

'제 스승의 눈빛이 어떤지도 모르고.'

강서준은 씨익 웃으면서 스승의 두 눈이 얼마나 더 커질지 기대하며 바라봤다.

스승은 꽤 진중한 목소리로 물었다.

"……슈트라고 했더냐."

"그렇습니다."

"혹 이건 완성품이 아닌 게냐?"

강서준은 기다렸다는 듯 주머니에서 설계 도면을 꺼냈다.

부품과 부위마다 각종 수식이 복잡하게 적혀 있었고 모든 내용은 세밀하게 정리되어 있었다.

설계를 짜는 데에만 특별한 재능을 가지고 있던 막내 대장장이 드워프 '콜'의 작품이었다.

'사실 이게 가장 놀라운 점이지.'

설마 상상이나 했을까.

폐급이라 불리는 대장장이들이 각자의 재능을 하나로 뭉치면 과연 어떤 아이템을 만들게 되는지.

'이들이 폐급이라 불린 건 고작 스텟 분배가 잘못됐을 뿐이니까.'

반대로 말하자면 대장장이에 어울리는 스텟이 아닐 뿐이지, 다른 쪽에서는 우수한 인재들이란 거다.

어쩌면 천재라도 불려도 될 것이다.

'결국 아이템이 증명할 거야.'

강서준은 자신만만한 어조로 출품작에 대한 설명을 시작했다.

"이건 시제품으로 오른손에만 착용할 수 있습니다. 물론 나머지 부품을 전부 모아 합치면…….."

설명이 이어질수록 스승의 눈동자는 설계 도면에 빠질 듯이 침잠했다. 스승이 가만히 설명만 듣고만 있자, 떠들썩하던 드워프들의 비웃음에도 살얼음이 끼고 말았다.

나쁘지 않은 흐름이었다.

강서준은 쐐기를 박기로 했다.

"일단 시연을 보시겠습니까?"

"……아직 미완성이 아니었더냐?"

강서준은 어깨를 으쓱이며 흑철 건틀렛을 착용했다. 그리고 가까이에 있던 무거운 모루를 한 손으로 들어 올렸다.

"허억!"

여기서 씬은 '마력'에 스텟이 올인된, 힘 없기로 유명한 대장장이. 구태여 설명할 것도 없이 흑철 건틀렛의 능력을 증명할 수 있었다.

"말도 안 돼……."

"고작 건틀렛으로 저게 가능하다고?"

한쪽에서 얼굴이 붉으락푸르락한 채로 앞으로 나선 무명

의 드워프가 말했다. 이름이 콜리보라는 놈이었나.

"믿을 수 없어. 어떻게 폐급 따위들이 이런 걸 만들어?"

"뭐?"

"분명 뭔가 수상해. 애초에 흑철 따위로 장비를 만든다는 것부터 이상하잖아? 네놈들 감히 스승님을 상대로 사기라도 치려는 것이냐?"

터무니없는 주장이었다.

아무런 증거도 없이 대충 정황만 끼워 맞춘 억지 주장.

하지만 우습게도 그 말은 드워프들 사이에서 신빙성을 얻고 있었다.

"확실히…… 폐급들이 제대로 된 장비를 만들 수 있을 리가 없지."

"수상해."

"스승님. 명명백백 밝혀내야 합니다!"

드워프들의 목소리에 기세를 올린 콜리보란 놈이 대뜸 그가 만든 대검을 들고 오더니 말했다.

"조잡한 건 티가 나기 마련이지!"

그러더니 대뜸 강서준이 착용하고 있는 흑철 건틀렛에 공격을 가한 것이다. 알베르토가 말했다.

"……안 돼! 씬!"

순식간에 벌어진 일이었다.

강서준은 공격을 눈치챘지만 피할 만큼의 여력은 없었다.

드워프들은 강서준의 팔이 흑철 건틀렛째로 부서지는 걸 상상했는지 눈살을 찌푸렸다.

 까아앙!

 그리고 흑철 건틀렛과 부딪친 대검이 두 동강이 나면서 공중을 부유했다. 공격을 가한 검이 오히려 부서지고 만 것이다.

 강서준은 씨익 웃었다.

 '흑철 건틀렛은 마력으로 경도를 높이는 무구라고. 멍청한 드워프야.'

 모두의 예상이 비켜 나가고, 멀쩡한 강서준의 형태를 본 드워프들은 입을 쩍 벌렸다.

 침묵이 길게 흘렀다.

 그리고 스승이 나지막이 중얼거렸다.

 "흐웅…… 더 볼 것도 없겠구나."

 두말할 것도 없이 결론은 지어졌다.

 ['스승의 인정'을 받았습니다.]

 [퀘스트를 성공적으로 클리어했습니다.]

 폐급 대장장이들의 승리였다.

이후로 시나리오는 더없이 순조로웠다.

스승은 왕궁 연회에 흑철 슈트를 완성해서 선보이겠다고 모두에게 공언했고, 폐기처리장의 드워프들 전원이 왕궁으로의 출장이 결정된 것이다.

"빨리 움직여! 뭐 해? 얼른 망치 안 쥐냐!"

스승의 재촉 속에서 부랴부랴 움직이던 드워프들은 하루를 꼬박 새워서 겨우 흑철 슈트를 완성할 수 있었다.

강서준은 유려한 외관의 흑철 슈트를 손으로 쓸어 봤다.

'기깔나네.'

소싯적에 즐겨 봤던 영화 속 슈트. 강철맨이 지구를 구하기 위해서 날아다니던 모습이 선명하게 떠올랐다.

물론 영화처럼 새빨간 슈트는 아니었다. 이름처럼 흑철은 그 특성을 따라서 새카만 외관이었으니까.

그리고 생각했다.

'아마도 왕궁에 다음 시나리오가 있겠지? 모르긴 몰라도 연회는 이 던전에서 가장 큰 이벤트니까.'

강서준은 그렇게 생각하며 왕궁으로 떠나는 드워프들의 무리에 합류했다. 왕국을 대표하는 대장장이답게 별다른 검문도 없이 통과할 수 있었다.

"왕은 안에 계시나?"

"네. 안내하겠습니다."

그리고 기사들을 따라서 강서준을 비롯한 일행은 멋스러운 왕궁을 거닐었다. 꽤 긴 복도를 가로질러 화려하게 꾸며진 접견실에 들어갈 수 있었다.

"잠시 이곳에서 쉬고 계시면 곧 기별을 넣겠습니다. 그럼……."

접견실엔 다양한 음식이 마련되어 있었다. 드워프들이 좋아하는 시원한 맥주까지 가득했다.

여기까진 참 좋았을 것이다.

아마 문제가 있다면.

"……어쩐지 쉽더라니까."

기사가 문을 닫고 나간 지 얼마 안 되어, 하얀 연기가 바닥에 낮게 깔리면서 뭉게뭉게 방 안을 뒤덮는 것 정도겠지.

[조건을 만족시켰습니다.]

[시나리오 퀘스트가 갱신됩니다.]

젠장.

흑철 슈트

방 안 깊숙이 스며든 연기를 쭉 둘러본 강서준은 현 상황에 대한 이해를 빨리 해낼 수 있었다.

'진짜 시나리오는 여기부터구나.'

그럼 그렇지.

비록 폐급 대장장이로 시작해서 약간 고생하긴 했으나, C급 테마 던전이라는 이름에 비해 어려운 수준이 아니었다.

아마 지금부터가 진짜겠지.

[조건을 만족시켰습니다.]

[시나리오 퀘스트가 갱신됩니다.]

강서준은 새롭게 갱신된 퀘스트 내역을 살피면서, 우선 스승의 가방에서 흑철 건틀렛을 꺼내어 착용했다.

이걸 따로 챙겨 두길 다행이지.

퀘스트 – 의문의 침공

분류 : 시나리오

난이도 : C+

조건 : 왕궁에 입성하는 데엔 성공했습니다만, 이미 왕궁엔 적들이 침입한 상태입니다. '조력자'를 찾아 왕궁을 되찾으십시오.

제한 시간 : 동틀 녘까지

보상 : 대량의 경험치

실패 시 : 시나리오 실패

아무래도 왕궁에 침입한 적은 흡혈귀일 것이다. 본래 이세계는 흡혈 바이러스가 판을 치는 곳일 테니까.

'그리고 보면, B급 던전이던 재앙의 유성에선 이미 흡혈귀들에게 장악된 왕국이 배경이었지?'

만약 공략해 내질 못한다면 시나리오는 그렇게 흘러가는 걸까. 강서준은 일단 숨을 참아 내며 때를 기다리기로 했다.

다행히 바깥에서 인기척이 느껴진 건 금방이었다.

"이쯤이면 됐을 것이다. 문을 열어라."

문을 열고 구둣발로 들어온 기사들. 창문을 열어 연기를 완전히 밖으로 빼낸 그들은 바닥에 널브러진 드워프들을 확인했다.

"완전히 곯아떨어졌군."

툭툭 스승과 동료 드워프를 발로 차 대며 확인하더니 무심한 얼굴로 말한다.

"옮겨라. 제단에 쓰일 것이다."

기사들은 드워프들의 발목을 잡더니 질질 끌어서 방을 나섰다. 하나둘…… 동료들이 끌려갔지만 강서준은 꾹 참고 기다려야만 했다.

드워프 씬.

가능하면 들키지 않는 게 최선이다.

하지만 운은 그의 편이 아니었다.

"……으음?"

마지막으로 방을 나서던 기사 한 명이 고개를 갸웃했다. 뭔가를 떠올렸는지 미간을 좁히더니 중얼거렸다.

"숫자 하나가 모자란 것 같."

타닷!

더 숨을 이유가 없었다.

최대한 조심스레 접근한 강서준이 기사의 뒤통수를 노리고 뛰었다.

짧은 발놀림으로 해내는 최선의 공격!

하지만 기사는 능숙하게 몸을 비틀어 강서준의 공격을 피해 냈다. 또한 재빠르게 강서준의 목을 휘어잡았다.

"어떻게 멀쩡한지는 모르겠지만, 멍청한 드워프여. 넌 기사를 너무 얕보았구나."

알고 있다.

못해도 C급 던전의 기사를 마력만 495에 불과한 드워프가 어찌 감당해 내겠는가.

당연한 결과였다.

그래서 의도한 순간이다.

"으음?"

강서준은 자신의 목을 움켜잡은 기사의 팔을 흑철 건틀렛으로 꽉 쥐었다. 이렇듯 붙어 있으면 피하는 건 불가능한 법.

"그래서 뭘 어쩌겠……."

기사의 말은 이어지지 않았다.

흑철 건틀렛에 내장된 마력이 구동하면서, 엄청난 괴력을 뿜어냈으니까.

기사의 팔은 으스러지다 못해 완전히 가루가 되었다. 목을 쥐던 힘이 헐렁해진 틈을 노려 바로 접근할 수 있었다.

"……끄아악! 이 무슨!"

놈이 고통스러워하며 표독스럽게 눈을 떴지만, 이미 놈의 머리를 움켜쥔 흑철 건틀렛은 용서가 없었다.

콰직!

기사가 허물어지는 건 금방이었다.

"허억…… 허억. 이래서 눈치 빠른 놈들은 싫다니까."

거칠게 숨을 몰아쉰 강서준은 바로 남은 체력을 확인했다.

웃기게도 방금 목덜미를 움켜잡힌 것만으로도 가진 체력의 3분의 1이 날아갔다.

진짜 몹쓸 몸이다.

"일단 흑철 슈트부터 찾아야겠네."

그가 흑철 슈트를 만든 이유.

출품작으로 내세울 목적도 있었지만, 진짜는 본인이 사용하기 위해서였다.

언제까지 물몸으로 다닐 순 없으니까.

"그 전에 여기부터 빠져나가야겠지."

강서준은 고양이처럼 살금살금 복도를 가로질렀다. 어둠이 내리깔린 복도엔 아무런 인기척도 느껴지지 않았다.

<hr />

왕국 연회.

분기마다 펼쳐지는 이 연회는 이름처럼 단순히 먹고 노는 행사는 아니었다.

흡혈귀를 상대로 싸운 이들을 위로하고, 각지의 귀족들을 소집해서 사태를 보고하는 전략을 곁들인 연회.

해서 꽤나 중차대한 행사였다.

"그러니까 자연스럽게 행동해요."

"……말이야 쉽지. 이런 거추장스러운 걸 입고 어떻게 잘 움직이냐? 아씨. 진짜 숨 막히겠네."

"말 좀 예쁘게 해요. 공주답게."

그리고 왕국의 귀족인 '카므리엘 백작'과 '비올레타 공주'
도 당연히 연회에 참여한 상태였다.

특히 비올레타는 초대를 하는 입장이었기에, 연회엔 빠질
수가 없는 법.

나도석은 한 걸음 내딛다, 바로 균형을 잃고 비틀거렸다.

"……여자들은 굉장하군. 이걸 어떻게 신고 다니는 거
지?"

"자주 신다 보면 익숙해져요. 전 그거 신고 춤도 추는 걸
요."

최하나는 능숙하게 소매를 정돈하고 나도석에게 팔을 내
밀었다. 하이힐이 익숙하지 않은 나도석을 보조하기 위함이
었다.

"애도 아니고. 됐어."

"그러지 말고 잡아요. 공주가 옷차림이 불편해서 넘어졌
다는 것만큼 어색한 건 없으니까."

"……끄응."

나도석은 뚱한 얼굴로 살포시 최하나의 팔을 붙잡았다.
여전히 뒤뚱거리는 모양새였지만 그래도 균형을 잡을 수 있
었다.

최하나는 복화술로 말했다.

"웃어요."

"……으으."

"연기가 장난인 줄 알아요? 다른 사람들의 인정을 받으려면 자기 속마음까지 속여야만 한다고요."

그럼에도 경직된 미소로 얼굴 근육을 당겨 부르르 떠는 나도석이었다. 발 연기는 어쩔 수 없는 모양이었다.

'하기야 나조차도 발 연기 딱지 떼는 데 5년 걸렸어. 뭐라할 처지는 아니네.'

예전에 드라마 캐스팅이 돼서 호기롭게 도전한 적이 있다.

그때 그녀는 '로봇이 와도 최하나보단 연기를 잘하겠다.'라는 악플까지 받아 봤다.

무수한 연기 연습을 통해 '연기돌'이란 별명을 얻어 내기전까지, 그녀의 꼬리표엔 항상 '로봇돌'이 따라왔다.

'그래도 이번엔 얼굴도 전부 바뀐 상태야. 완벽한 연기까지 필요하진 않아.'

그나마 위안 삼으며 최하나는 나도석을 에스코트했다. 왕궁의 주인인 왕이 한쪽에서 그들을 기다리고 있었다.

"신, 카므리엘. 왕을 뵙습니다."

최하나는 능숙하게 한 손은 뒤로, 그리고 나머지 한 손은복부를 가리면서 허리를 숙였다.

이 왕국 특유의 예법이다.

미리 확인해 두고 연습까지 한 덕에 군더더기 없었다. 아무도 그녀가 가짜라는 사실을 알아차릴 수 없었다.

"환영하네, 카브리엘 백작."

"예, 전하."

왕은 최하나의 옆에서 긴장한 얼굴로 웃고 있는 공주도 발견했다.

"비올레타 공주. 늦었구나."

"예? 예, 아버지."

여전히 어색한 말투에 경직된 웃음이었지만 왕은 크게 신경 쓰는 눈치가 아니었다.

왕은 자애롭게 웃으며 말했다.

"한쪽에 네가 좋아하는 연어 샐러드를 준비해 뒀다."

"……감사합니다."

이후로도 왕은 그에게 다가오는 수많은 귀족들을 맞이해야 했다.

안타깝지만 나도석도 여기서 일별해야 했다.

그도 왕의 옆에서 귀족들을 맞이해야만 하는 입장이었으니까.

'차라리 잘됐어. 왕의 옆자리만큼 사람들을 감시하기 좋은 위치는 없으니까.'

최하나는 연회장에 준비된 음식들을 가볍게 먹고 마시며 눈치껏 귀족들 사이를 오고 갔다.

각지에서 올라온 귀족들은 카브리엘 백작을 기쁘게 맞이

했고, 많은 정보를 교류해 줬다.

그 와중에도 최하나의 눈은 예사롭지 않게 빛났다.

'흡혈귀가 아닌 자들을 찾는 게 더 어렵겠어. 이거 생각보다 사태가 심각한데?'

사실 최하나는 모종의 임무를 맡고 연회장을 누비는 중이었다.

이틀 전, 왕국의 비밀 조직 '그림자'를 접선한 그녀는 이미 왕국의 고위 귀족까지 흡혈귀에게 감염됐다는 걸 알았다.

'이번 연회는 피의 축제가 될 거야.'

던전 브레이크가 얼마 남지 않은 시점에서, 흡혈귀는 최후의 전쟁을 준비하고 있었다.

시발점이 여기였다.

"아아, 카므리엘 백작. 오랜만이군."

최하나는 자신에게 알은체를 하는 누군가를 발견했다. 그녀의 기억대로라면 북쪽을 지키는 사령관 '알리트 공작'이었다.

'……흡혈귀군.'

흡혈귀가 접근하면 색깔이 붉게 물드는 카므리엘의 반지가 부르르 떨어 댔다.

모르긴 몰라도 북쪽의 사령관이 흡혈귀가 되어 버렸다면, 상황은 더욱 복잡해진다고 말할 수 있다.

"알리트 공작님이시군요. 지난 전투에서 대승을 거뒀다

고요."

"이거 부끄럽군. 별것 아닐세."

정말 별것 아닐 것이다.

이미 흡혈귀가 됐다면 전투 보고야 얼마든지 조작할 수 있었으니까.

과연 북쪽이 함락된 건 언제일까.

"그나저나 카므리엘 백작도 소식 들었네. 왕국의 위기를 이용하여 패악질을 일삼던 무리를 토벌했다지?"

"……네. 운이 좋았습니다."

"겸손하군."

한편 알리트 공작 근처를 지나는 이름 모를 하인이 최하나와 시선을 마주쳤다.

비밀 조직 그림자의 일원.

그가 신호를 보냈다.

"전 급한 일이 있어서 먼저 자리를 비워야겠군요."

"허, 이제야 재밌어질 참이었는데."

"죄송합니다. 그럼……."

바쁘게 알리트 공작을 일별한 최하나는 미리 준비해 둔 자리에 섰다. 그곳의 테이블 아래에 카므리엘의 애병인 세검을 숨겨 뒀기 때문이었다.

'연회장 내부의 흡혈귀와 아닌 자들의 구분이 끝났어. 이제 그들을 나누기만 하면…….'

하지만 그때였다.

키아아아앗!

돌연 연회장 한쪽에서 괴성이 울리더니 테이블이 뒤집어졌다.

근처를 배회하던 귀족들이 화들짝 놀라며 비명을 질렀다.

"흐, 흡혈귀다!"

한쪽에서 벌어진 일이 아니었다.

사방에서 종전까지 얼굴을 맞대며 대화를 나누던 귀족들이, 흡혈귀로 변모하면서 날카로운 이를 드러내고 있었다.

"……모두 무기를 들어라!"

선두를 빼앗기긴 했지만 계획에 변동 사항은 없었다.

최하나는 테이블 아래에 숨겨 뒀던 세검을 뽑아 들며 가까운 귀족의 목에 찔러 넣었다.

알리트 공작이었다.

"네, 네놈이 어떻게……?"

빠르게 알리트 공작을 처치한 그녀는 세검을 높이 들면서 외쳤다.

"당황하지 마라! 예정대로 흡혈귀를 처단하고 왕국의 백성들을 지켜라!"

곳곳에서 칼부림이 일어났다. 흡혈귀 대 그림자로 벌어진 전투는 말 그대로 사방을 피로 물들였다.

최하나도 전투에 빠질 수 없었다.

그녀의 장기인 총을 쓸 수는 없어 아쉬웠지만, 카므리엘의 스킬이 있으니 썩 괜찮았다.

그녀라고 근접전을 못할까.

문제는 다른 곳에서 벌어졌다.

"으아아아악!"

왕의 거친 함성이 울리면서 연회장은 씻은 듯이 조용해졌다.

언제 저기까지 간 거지?

흡혈귀 한 마리가 왕과 비올레타 공주의 목에 손톱을 겨누고 있었다.

"모두 무기를 버려라!"

"전하……!"

"얼른 투항하지 못할까!"

왕의 목덜미에 손톱이 파고들어 피가 새어 나왔다. 저기서 1cm만 더 찔려 들어간다면 왕의 생사는 장담할 수 없을 것이다.

그림자들도 이러지도 저러지도 못하는 얼굴로 최하나를 바라봤다.

"무기를 버리지 마라. 흡혈귀와 타협은 없어."

"네놈들은 왕이 죽어도 괜찮다는 것이냐?"

"죽일 수 있으면 죽여 보든지."

"뭐?"

그녀의 배짱 두둑한 말.

그 당당함에 흡혈귀가 황당한 표정을 지었다. 허세인 줄로만 아는 모양이었다.

최하나가 말했다.

"전하는 안전하시다! 모두 적들을 몰아내!"

그 말에 맞추어 인질로 붙잡혀 있던 비올레타, 아니 나도석이 팔꿈치로 흡혈귀의 복부를 가격했다.

그리고 자세를 낮게 낮추면서 빙글 돌아 흡혈귀의 다리를 걸어 넘어트렸다.

쓰러진 놈의 머리를 하이힐로 찍어 버리는 건 자연스러운 흐름이었다.

"끄아아악!"

뒤이어 다른 흡혈귀와도 근접전을 벌였지만 나도석이 활약하는 경우는 길게 이어지지 않았다.

그녀가 주먹을 휘둘러 때릴 때마다 그녀의 손이 퉁퉁 부어올랐기 때문이었다.

"아이씨. 더럽게 아프잖아아!"

결국 불편한 구두를 벗어서 무기로 활용한다. 최하나는 미간을 구기며 나도석의 전투를 살폈다.

'비올레타는 마법사라니까…….'

어쨌든 주먹을 쓰는 게 훨씬 익숙한 그녀는 부상을 감당하며 이윽고 왕까지 구출해 냈다.

"끄아아아악!"

나도석은 거친 숨을 몰아쉬며 왕에게 물었다.

"왕…… 그니까. 아버지?"

"비, 비올레타여."

"뛸 수 있어요?"

왕은 어안이 벙벙한 얼굴로 고개를 끄덕였다. 흡혈귀 무리를 찢어 버리면서 최하나가 그곳에 당도한 건 그때였다.

"이동해야 합니다. 따라오시죠."

강서준은 숨을 죽이고 요란스러운 기사들의 움직임에 집중했다.

울려 퍼지는 폭음. 간간이 들려오는 비명.

성내의 소란은 도피자에게 훌륭한 가림막이 되어 주고 있었다.

"1조만 남고 나머진 전부 지원 나간다. 빌어먹을, 그림자 놈들이 눈치 깐 모양이야."

"다들 따라와!"

건물을 빽빽하게 수색하던 기사들이 대거 빠져나가니 당장 주변은 유령 저택처럼 휑했다.

그럼에도 1조는 꿋꿋이 수색을 이어 나갔다. 물론, 일개 대대가 수색을 벌여도 찾질 못한 흔적을 그들이라고 발견할 수 있을 리가 없었다.

'운이 좋네.'

당장 일이 어떻게 흘러가는지는 몰라도, 강서준에게 나쁜 상황은 아니었다.

안 그래도 들키면 끝인 상황에서 누군가가 어그로를 끌어 주고 있다면 고마운 일이었으니까.

강서준은 드워프의 신체를 한껏 활용해서 서랍 속에 구겨 넣었던 몸을 억지로 꺼냈다.

기사들의 발걸음이 멀어지고 있었다.

'좋아. 본격적으로 움직여 볼까.'

어두운 복도를 은밀하게 가로지르며 저택을 수색하기로 했다.

기사 놈들은 강서준이 도망친 줄 알고 건물 외곽까지 수색 범위를 넓혔지만, 애초에 도망칠 생각이 없는 그는 건물 밖으로 나간 적이 없었다.

'결국 여기가 목적지니까.'

이곳을 오가는 기사들의 대화를 엿들었다. 흡혈귀의 비밀 거점이 이곳 어딘가에 있다고 했다.

강서준은 조용히 움직였다.

흑철 슈트를 보관해 뒀다는 곳도 엿들어서 어딘지 파악하고 있었기에 길을 방황하는 일은 없었다.

"밖이 좀 시끄럽군."

"못 들었어? 드워프 한 놈이 도망쳤다더군."

그리고 도착한 작은 방엔 이름 모를 인간이 두 명 있었다. 기사는 아니었다. 말하는 모양새로 봐선 망치 좀 잡아 본 대장장이들이었다.

"근데 드워프 한 마리 도망친 게 뭐 그리 대수라고 기사단 전체가 나서? 그렇게 재능이 좋아?"

"그 반대라더군."

"뭐?"

"재능이 너무 형편이 없어서 필요한 거야. 파괴 스킬이 무려 S급이라질 않는가."

강서준은 미간을 구겼다.

완전히 '씬'의 이야기가 아닌가.

어쩐지 고작 드워프 한 마리 잡겠다고 뭐 그리 많은 인원이 단체로 움직이나 했는데.

파괴 스킬이 필요한 거구나.

근데, 파괴 스킬이 왜 필요하지?

대답은 인간 대장장이 중 콧수염을 길게 기른 남자가 했다.

"성물 말일세."

"설마……?"

"그래. 그 대장장이라면 성물을 완전히 파괴할 수도 있을 테니까."

처음 듣는 얘기였다.

성물?

강서준은 곰곰이 머리를 굴리던 와중에 눈앞에 나타난 메시지를 확인할 수 있었다.

[퀘스트의 주요 정보를 습득했습니다.]

[퀘스트의 내용을 갱신합니다.]

당신은 '파괴의 대장장이 씬'입니다. 저주받은 당신의 손은 무엇이든 부술 수 있으며, 성물의 봉인마저 해제할 수 있습니다.

성물.

그제야 아귀가 맞아떨어진다.

솔직히 던전에 입장하자마자 주어진 배역이 '대장장이'라서 꽤 황당했는데.

알고 보니 특급 주연이었다.

이 시나리오의 종착지는 '성물의 봉인'을 해제해서, 그것으로 흡혈귀를 처단하는 것이다.

강서준은 스스로의 추측에 감탄하며 고개를 들었다.

놈들이 익숙한 외관의 상자를 창고 한쪽에 있는 화덕 속에 밀어 넣고 있었다.

'미친…… 뭐 하는 짓이야?'

불속에 내던져진 건 흑철 슈트.

놈들은 활활 타오르라고 안쪽으로 풀무질도 하고 장작도 더 넣었다.

흑철 슈트를 완전히 녹여 버릴 심산이었다.

그렇게 놔둘 순 없다.

"뭐, 뭐야?"

콰앙!

창졸간에 접근한 강서준을 대장장이들이 알아봤다. 당황한 눈치였지만 작은 다리로 도도도도 달려오는 드워프를 무서워하진 않았다.

"도망쳤던 드워프가 여기에 있었군."

하지만 그 방심이 놈들에겐 화가 될 것이다.

강서준은 자신만만한 얼굴로 그에게 손을 뻗는 대장장이에게 달려들었다. 피할 것도 없었다.

[장비 '흑철 건틀렛'의 전용 스킬, '괴력'을 발동합니다.]

기사마저 속수무책으로 당하던 힘이다.

손을 뻗던 놈의 손가락이 뒤로 꺾이고 충격을 못 이겨 뒤로 튕겨 나갔다.

옆에 있던 남자가 경악을 하며 망치를 꽉 쥐었다.

"쥐새끼 같은 게……!"

하지만 이미 준비하고 있던 강서준을 맞히기란 요원한 일이었다.

신체 능력이 부족한 만큼 더욱 재빠르게 움직여야 한다. 강서준은 한 수 앞을 미리 예측하고 공격을 이었다.

"흐아압!"

결국 다른 한 놈도 거품을 물고 자빠져 쓰러질 수밖에 없었다.

강서준은 참았던 숨을 토해 냈다.

"헉, 헉……. 진짜 죽을 뻔했네."

잠깐의 전투에 불과했지만 체력은 반절이나 줄었다.

아이러니하지만 흑철 건틀렛의 성능 때문에 벌어진 일이었다. 아무리 좋은 장비라고 해도 신체가 받쳐 주질 못한다면 공격한 당사자가 데미지를 모두 감당해 내야만 하니까.

불편하기 그지없는 몸이다.

"이럴 때가 아니지."

강서준은 빠르게 화덕 속에서 흑철 슈트를 빼냈다. 숯검댕이처럼 그을려서 멀쩡한지는 꺼내 봐야 알 수 있었다.

"휴우…… 흑철이라 살았네."

흑철은 망가진 장비를 불태우고 남은 찌꺼기를 말했다. 한마디로 불에 녹아 생성된 철인 만큼 기본적으로 불에 강했다.

약간 그을렸을 뿐 크게 손상도 없었고, 색깔도 원래 검은
색이라 티도 나질 않았다.

강서준은 지체하지 않고 흑철 슈트를 착용했다. 금세 투구
까지 눌러쓴 강서준은 안도의 한숨을 내뱉었다.

이제 좀 살겠네.

[장비, '흑철 슈트'를 착용했습니다.]

흑철 슈트는 일종의 마도구였다.

전신에 복잡한 수식을 꼼꼼하게 쑤셔 박아 만든 특별한 전
신 갑옷.

마력으로 근력과 체력을 대체할 수 있는 전무후무한 장비
였다.

'문제는 흑철 슈트는 시제품이라 안정화도 덜되어 마력도
과하게 잡아먹는다는 건데…….'

그조차 강서준에겐 통하지 않았다.

마력만 495를 찍은 전무후무한 대장장이가 바로 씬이었
다.

말 그대로 흑철 슈트는 강서준이 씬을 위해서 만든 맞춤
정장이나 다름없었다.

"누구냐!"

종전의 전투의 소음이 바깥으로 새어 나갔을까.

근처를 서성이던 기사 한 명이 창고로 들어왔다. 흑철 슈트를 입고 있어서 놈은 강서준의 얼굴을 알아보진 못했다.

"누군지 밝혀라!"

"밝히면 살려 줄 거냐?"

강서준은 도망치지 않고 정면으로 뛰었다. 여태까지 느끼지 못했던 속도감에 절로 고양감이 차올랐다.

그가 말했다.

"마침 실험하고 싶었는데."

"뭐, 뭣?"

"닥치고 맞아."

강서준은 검을 빼어 든 기사의 간격으로 호기롭게 접근했다.

류안은 없어도 여태 겪은 전투 경험이 사라지진 않는 법.

놈의 근육의 움직임을 미리 읽고, 검의 경로를 방해하며, 복부, 어깨, 머리까지 차례로 주먹을 휘둘렀다.

통증이 심했을까.

"키아아앗!"

놈이 송곳니를 드러내며 흡혈귀처럼 모습을 바꾸었다.

그러고 보면, 여태 싸웠던 놈들 중 흡혈귀 형태로 변한 놈은 보진 못했다.

아무래도 그전에 과하게 출력을 뽑아낸 흑철 건틀렛으로 모두 처치한 게 아닐까 싶었다.

'하지만 그래선 오래 못 싸워.'

흑철 건틀렛은 한 부위에만 마력을 쏟아 내도 되지만, 흑철 슈트는 전 부위에 마력을 먹여 줘야 한다.

그만큼 고갈도 빠르다.

능숙하게 마력을 조절하질 못한다면 금세 불리해질 수밖에 없었다.

그리고 몇 번의 공방을 통해서 강서준은 금세 흑철 슈트의 요령을 익혀 나갔다.

빠각!

마지막으로 놈의 검을 피한 것과 동시에 점프를 해서 무릎으로 놈의 머리를 박살 냈다.

마력 소모량은 지극히 적어졌다.

"후우……."

아직 조정은 더 필요하겠지만 이만하면 충분했다. 강서준은 남은 마력을 확인하며 잠시 숨을 돌렸다.

밖에서 또 소란이 들려왔다.

'질보단 양인가. 쉴 틈이 없네.'

일단 몸을 숨긴 강서준은 어지럽게 찍히는 발소리를 통해서 그 숫자가 여럿임을 깨달았다.

어두운 복도를 가로질러서 등장한 이들이 누군지도 금방 알아봤다.

'……으음, 왕?'

산전수전 다 겪은 몰골로 나타난 건 화려한 왕관을 눌러쓴 왕과 기사 셋.

훤칠한 미남자 한 명.

그리고 드레스 자락을 휘날리는 여자였다.

과연 저들도 흡혈귀일까?

쉽게 판단을 내릴 순 없었다.

드워프에게 휴식을 취하라고 해 놓고 뒤통수를 친 게, 기사들이었으니까.

"……잠깐만요."

복도를 가로지르던 미남자가 대뜸 걸음을 멈추더니 살벌하게 기세를 바꾸었다. 그가 강서준을 향해 검을 휘두르는 것까지 물 흐르듯 이어졌다.

채애앵!

흑철 슈트의 외갑을 내리찍은 미남자의 검격은 무거웠다. 공격을 흘리면서 강서준은 뒤돌려 차기를 감행했다.

하지만 상대는 한 끗 차이로 피해 냈다.

그리고 둘은 동시에 물러났다.

"당신은 인간이로군."

"……그쪽도 영 사람 같진 않지만 흡혈귀는 또 아니로군."

강서준은 천천히 고개를 끄덕였다.

속내는 엄연히 사람이었지만, 따지고 보면 현재의 강서준은 사람이 아니었으니까.

그렇다고 흡혈귀는 아니었으니 맥락상 서로를 인정하기로 했다.

'흑철 슈트가 반응하질 않았으니까.'

다시 말하지만 흑철 슈트는 흡혈귀를 상대하기 위해 만들어진 신제품이다.

당연히 흡혈귀를 가려내는 기능도 있었다. 일정 거리 안에만 접근하면 인간인지 아닌지 구분할 수 있었다.

그리고 왕은 강서준을 알아봤다.

"그대는…… 드워프. 그래 코브로구나."

"안타깝지만 전하. 코브 스승님은 이미 잡혀갔습니다."

"뭐?"

강서준은 얼굴을 내보이며 간략히 자기소개를 했다. 문득 퀘스트 내역이 떠올랐기 때문이다.

'조력자가 있다고 했지.'

왕을 지키면서 흡혈귀를 대적하는 이들이었다. 바로 이들이 이번 시나리오의 NPC가 분명했다.

말하자면 '호른 부족의 전사' 같은 존재들이다.

"전 코브 공방의 대장장이 씬이라고 합니다. 이번 신작 제작을 총괄했습죠."

정확힌 스승의 진두지휘 아래에서 하나씩 세세하게 수정해 나가며 완성한 장비였다.

하지만 그 시작이 강서준으로부터였고, 모든 작업에 참여

했으니 틀린 말도 아니었다.

"……그렇군."

그리고 길게 대화를 나눌 여유도 없었다.

"이쪽이다! 놈들이 이쪽으로 들어갔어!"

"반드시 잡아야 한다!"

강서준은 시선을 마주치며 말했다.

"일단 자리를 피하죠."

이견은 없었다.

왕 일행에 합류한 강서준은 그들의 뒤를 따라서, 건물 내에 숨겨진 지하 계단으로 내려갔다.

어두컴컴한 지하.

일정한 간격으로 호롱불이 배치돼서 앞은 보였지만, 그럼에도 꽤 어두운 곳이었다.

강서준은 더더욱 어둡고 음침한 지하로 내려가면서 생각했다.

'이 중 최하나가 있을 거야.'

모르긴 몰라도 그녀의 플레이라면 벌써 시나리오의 중역에 도달했을 것이다.

그렇다면 그녀가 있을 곳은 어딜까.

바로 '왕의 옆'이다.

강서준은 왕의 옆을 지키는 한 여성을 확인했다. 곱게 자란 티가 확 나는 주제에 맨발로 더러운 지하 계단을 밟길 서슴지 않았다.

아마 저 NPC는 가짜다.

'공주라고 했지?'

그리고 그녀가 최하나일 것이라고 추측했다. 강서준은 나머지 사람들도 차례로 둘러봤다.

우선 카므리엘 백작.

상대해 보니 근접전 솜씨가 상당했다. 한두 번 해 본 전투 실력이 아니었다.

만약 그가 플레이어라면 '나도석'일지도 몰랐다.

'김훈은……'

강서준의 시선이 세 명의 기사에게 향했다. 누더기 같은 몰골로 주변을 경계하면서 내려가는 모습이 가히 신중하기 그지없었다.

만약 저 모습이 연기라면?

'배우를 시켜야 해.'

물론 모든 동료가 이곳에 있으리란 장담은 못 했다.

왜냐면 C급 던전은 넓다.

동료들이 전부 무난하게 시나리오를 돌파해서 지금 이 자리에 선다는 것 자체가 어려운 일이었다.

최하나라면 모를까.

김훈이나 나도석은 확신하기 애매했다. 결국 시나리오 퀘스트는 경험의 차이에서 오는 한계가 있으니까.

'확인해 보는 수밖에 없겠지.'

건물에 숨겨진 지하 계단이었다.

이 아래로 내려갈수록 흑철 슈트가 요동을 치면서 반응하는 걸로 보아, 흡혈귀들이 득실거린다는 것이다.

그전에 진짜 동료를 알아 두는 게 좋다.

강서준은 걸음을 멈추고 사람들을 돌아봤다. 사실 여기서 동료를 알아보는 일은 참으로 간단했다.

'국뽕비트'를 한 번 쳐 보면 될 일.

'그럼 어디…….'

짜악! 짜작! 짝!

그리고 세 명이 동시에 화답했다.

폐급 대장장이의 활약

"상황을 다시 정리해 보죠."

지하 계단의 끝까지 내려온 강서준은 주변의 인기척을 살핀 뒤, 낮은 목소리로 말했다.

"그러니까 카므리엘 백작이 최하나 씨…… 그리고 공주가."

"뭐, 왜, 불만 있냐?"

나도석의 볼멘소리에 강서준은 쓰게 웃었다.

"아닙니다, 나도석 씨."

어쨌든 정리하자면 남자가 봐도 잘생긴 미남자 카므리엘 백작의 정체가 '최하나'였고, 만지면 부러질 것만 같은 비올레타 공주가 '나도석'이라는 것이다.

사실 크게 이상하진 않았다.

사람이 드워프가 됐는데 성별이라고 바뀌는 정도야 양반
이지.

문제는 다른 쪽이다.

"……왕이 김훈 씨였다고요."

"저도 여러분이 이렇게 가까이에 있는 줄은 몰랐습니다."

설마 왕이 김훈일 줄이야. 전혀 예상조차 하지 못했던 문
제였다. 그는 당연히 NPC인 줄만 알았으니까.

'왕이 플레이어라면 대체 NPC 측 대표 인물은 누구라는
거지?'

단순히 생각했을 때 흡혈귀의 대척점에 선 존재는 '왕국의
왕'일 것이다.

리자드맨의 우물에서 오가닉 같은 존재.

하지만 그 왕이 '플레이어'라니 당황스러울 뿐이었다.

"혹시 이번 시나리오는 NPC 측 대표가 공석인 걸까요?"

"……설마요."

강서준의 시선이 멀찍이 떨어져 경계를 선 기사들에게 향
했다.

'저 기사들 중 한 명인 건…….'

강서준은 고개를 가로저었다.

적어도 이 던전의 최고 생명체에 해당하는 존재였다. 일개
기사가 대표 격이라고 하기엔 모자람이 있다.

그렇다면 최하나와 함께 움직였다는 비밀 조직 '그림자'가 유력한 용의자일까.

'아니. 모두 카므리엘 백작 산하에 있는 조직이랬지.'

최하나가 입술을 잘근 깨물면서 말했다.

"어쨌든 퀘스트를 따라가다 보면 무엇이든 닿기 마련이에요. 너무 신경 쓰진 않아도 될 거예요."

맞는 말이었다.

이렇듯 전부 변해 버린 모습으로 뿔뿔이 흩어졌던 동료들이 다시 만나게 된 것만 해도 얼마나 큰 행운인가.

강서준은 차분히 자신이 알아낸 정보부터 풀어내기로 했다.

"제가 알기로는 이곳 어딘가에 있는 '성물'을 파괴하는 게 흡혈귀의 목적입니다. 우린 그걸 저지하는 시나리오로 움직이고 있어요."

엿들은 내용부터 추측까지 전달하자 다들 수긍하는 눈치였다. 강서준은 확신을 더해서 말을 이었다.

"성물이 뭔지는 몰라도 흡혈귀에겐 치명적인 물건이라는 거겠죠."

C급 테마 던전.

본래 캐릭터의 스텟과 스킬이 봉인된 만큼 이곳엔 플레이어에게 주어지는 특별한 혜택도 있다.

그리고 그건 주로 아이템으로 제공되는데, 아마도 '성물'

이 그 역할을 하는 모양이었다.

"우린 성물을 찾으면 됩니다."

강서준은 어둠 속에 파묻힌 지하를 응시했다.

이제 공략을 재개할 시간이었다.

미로처럼 얽혀 있는 왕성의 지하.

한 치 앞도 안 보일 정도로 어둡고 서늘한 공기만 가득했다.

안으로 들어갈수록 짙은 피 냄새와 함께 징그럽게 생긴 흡혈 바이러스 감염자들도 나타났다.

집사나 하녀들.

혹은 이름 모를 기사들.

흡혈귀가 된 그들은 괴성을 지르며 달려들었다.

"진짜 이곳의 사람들은 지하에 이렇게 많은 흡혈귀가 살고 있는 줄 몰랐을까요?"

"글쎄요."

"흡혈귀랑 싸운다는 왕성 아래에 버젓이 자리 잡은 흡혈귀들의 본거지라……."

강서준은 미간을 좁히며 지하를 서성이던 흡혈귀 하나를 발견했다.

"이, 인간……."

콰앙!

쏜살같이 달려들어 흡혈귀의 머리에 니킥을 날렸다. 동시에 돌려차기로 공격을 이어 확정타를 짓는다.

콰앙! 콰아앙!

뒤이어 최하나도 재빠르게 세검을 찌르며 옆의 흡혈귀 몸에 구멍을 냈다.

다섯 마리의 흡혈귀가 쓰러지는 건 금방이었다.

문득 김훈이 물었다.

"……대장장이 캐릭터 아니었습니까?"

그는 손을 앞으로 내밀어 마력을 흩뿌리고 있었다.

그의 손이 이리저리 움직일 때마다 바닥이 흔들리고, 솟아난 암석이 흡혈귀의 몸을 관통했다.

왕 '킬로만자로 모르보스'.

모든 스텟이 마력으로 고정된 마법사이자, 대지 마법에 유능한 왕의 저력이었다.

김훈은 아쉬운 듯 말했다.

"이번에야말로 강서준 님에게 도움이 될 기회라고 생각했는데."

"매번 도움이 되고 있습니다."

"그런 의미가 아니라…… 하."

뭔가 많은 의미가 섞인 한숨이었지만 강서준은 신경 쓰

지 않기로 했다. 그는 지금 다른 문제만 해도 골치가 아팠으니까.

강서준은 나도석을 흘겨봤다.

"끄으윽……."

가녀린 몸으로 흡혈귀에게 접근해서 주먹질을 해 댔다. 용케 공격을 피하고 있었지만 상당히 위태로웠다.

한 대라도 맞으면 큰일인데.

괜히 고생하는 건 그녀의 곁에 선 기사들이었다.

"공주님! 뒤로 물러나십시오!"

"위험합니다, 공주님!"

나도석이 붉게 질린 얼굴로 소리쳤다.

"그놈의 공주 소리는 좀!"

가녀린 공주의 주먹이 흡혈귀의 목덜미를 가격하고, 빙글 돌면서 복부를 걷어찼다.

옆에 있는 흡혈귀의 무릎을 걷어차 균형을 잃게 만든 뒤, 머리카락을 움켜쥐어 코에 무릎을 박았다.

전투 기술 자체는 가히 훌륭했다.

문제는 나도석의 캐릭터인 '비올레타 공주'는 그의 본체처럼 근접 전투의 대가가 아니라는 거겠지.

강서준은 남몰래 조용히 물었다.

"……마법 안 쓰십니까?"

공주 비올레타는 본디 '빛의 마법사'라는 수식이 따라왔으니까.

"뭘 어떻게 하는 건데?"

"……마력으로 수식을 조합해서 밖으로 빼내면."

"마력을 어떻게 빼내는데."

"아."

안타깝지만 나도석은 평생 마력을 다뤄 본 적이 없는 남자였다.

하물며 수식을 조형해서 원하는 마법을 만들어 낸다는 건 쉽지 않은 일이었다.

운동만으로 헬 난이도를 공략했고, 모든 전투를 맨주먹 근접전으로 즐기는 사내.

새삼스럽지만 그에게 마법사는 무리였다.

'하긴, 원래 테마 던전에서의 마법사는 골치 아프단 얘기가 더러 있었지.'

물론 '마법사'가 아닌 자들이 '마법사'를 플레이하기 쉽도록, 일종의 가이드라인이 제시된다.

그걸 그대로 따라 하면 된다.

김훈도 그래서 마법을 쓰는 것이고.

나도석은 그조차 못 하니 문제였다.

"으아아! 젠장!"

"공주니이이임!"

나도석이 밀어낸 흡혈귀를 기사가 마무리하는 것으로 전

투는 일단락되었다.

퉁퉁 부은 공주의 손.

그나마 다행인 건 '빛의 마법사'는 자체적으로 신체의 회복 속도가 조금 빠르다는 것이다.

나도석의 '재생' 스킬에 비할 바는 아니었지만 저 상태보다 악화되진 않으니 다행이었다.

최하나는 검에 묻은 피를 털어 냈다.

"왕성의 지하엔 제단이 숨겨져 있다고 들었습니다."

그러고 보니 드워프들을 끌고 갈 때도 제단에 쓰인다고 했었다.

'드워프를 납치한 것도 성물을 파괴하기 위해서일 테니까……'

강서준은 일행을 돌아보며 말했다.

"다들 긴장해요. 여기부터가 진짜니까."

제단은 미로같이 얽힌 복도 끝에서 오래된 유적지처럼 자리하고 있었다.

육중한 문을 밀고 들어가니 안쪽엔 누군가가 피처럼 붉은 잔을 기울이고 있었다.

벽에 걸린 호롱불만이 은은하게 밝았다.

"초대받지 않은 불청객이로군."

천천히 고개를 돌리는 놈의 얼굴은 새하얀 백지장 같았다. 붉은 잉크만 입가에서 뚝뚝 떨어졌다.

[엘리트 몬스터 '진혈 흡혈귀 레드 셀(C)'이 등장했습니다.]

엘리트 몬스터.

여태 만났던 많은 흡혈귀들이 고작 감염된 인간에 불과했다면, 저놈은 시작부터 흡혈귀였다.

이른바 숙주였다.

"감히 성스러운 의식을 방해하는 것이냐."

강서준은 제단의 구석에서 오들오들 떨고 있는 드워프들도 발견했다.

"씨, 씬?"

하지만 그들에게 당장 다가가긴 어려웠다. 흡혈귀 레드 셀이 앞을 턱 가로막았으니까.

"죗값은 네놈들의 피로 묻겠다."

잠깐 눈앞이 흐릿해지더니 순식간에 레드 셀은 지척에 나타났다. 최하나가 세검을 뽑아 맞부딪치자 불똥이 크게 튀었다.

채애앵!

"땅의 울림이 있으라. 어스퀘이크(Earthquake)!"

김훈이 만들어 낸 지진이 레드 셀을 흔들었다. 때를 놓치지 않고 강서준도 전장에 난입하며 주먹을 휘둘렀다.

"건방진!"

아쉽게도 강서준의 공격은 허공을 때렸다. 놈의 몸이 전부 그림자로 흩어졌기 때문이었다.

마치 어둠에 동화된 듯 사라진 놈이 다시 모습을 드러낸 건 기사의 뒤편.

"끄아아아악!"

어둠 속에서 송곳니가 솟아났다.

여태 함께 싸워 왔던 기사는 허무하게도 단 일격에 의해, 말라비틀어져 버리고 말았다.

놈은 금세 어둠으로 스며들었다.

최하나가 나지막이 말했다.

"……아는 녀석이에요. 카므리엘의 보고서에도 적혀 있었죠."

어둠을 걷는 흡혈귀, 레드 셀.

공교롭게도 놈을 공략하는 방법은 단 하나였다.

"약점은 빛 마법이죠."

강서준은 어둠을 휘적이며 주먹을 내지르는 나도석을 바라봤다.

마침 빛의 마법사는 있었다.

하지만.

"……무리일 것 같은데요."

다시 튀어나와 송곳니를 들이박으려던 놈은 이번엔 최하나의 세검에 의해서 물러났다.

이후로도 몇 번이나 부질없는 공방이 오고 갔다.

애꿎은 기사들만 공주를 지키기 위해서 희생을 당할 뿐이었다.

"일단 빛 마법 이외의 방법을 찾기로 하죠. 다른 약점은 없었습니까?"

어둠을 휘어잡듯 흑철 슈트를 극성으로 발동했다. 강서준은 또 다시 김훈에게 접근하는 레드 셀을 몰아낼 수 있었다.

입맛을 다시며 멀어진 놈이 이번에 노린 건 김훈이었다.

최하나가 바로 붙어 세검을 휘둘렀다.

"……없어요! 이놈에 대한 정보는 그게 전부예요!"

강서준은 가볍게 혀를 차며 몇 번이나 일렁이는 어둠을 응시했다.

결국 방법은 하나였다.

처음부터 그러라고 만든 시나리오였으니까.

"빛 마법밖에 방법이 없어요."

"나도석 씨는 무리예요."

"알아요. 그러니 편법을 써야죠."

강서준은 분한 듯 씩씩대는 나도석에게 물었다.

"혹시 빛 마법에 대해서 알려 줄 수 있어요?"

"뭐?"

"눈앞에 일렁이는 글자라도 읽어 봐요."

나도석도 이 상황이 영 탐탁지 않았는지, 순순히 무언가를 설명해 주기 시작했다.

"빛을 생성하려면 마력을 단전에서부터 꺼내어 0.2mm의 선을 허공에 그려서 마법진을 완성…… 그림도 설명해 줘?"

"전부 말해 줘요."

몇 번의 레드 셀의 공격을 맞부딪치는 와중에도 나도석의 말은 이어졌다. 들어도 이해할 수 없는 마법에 대한 설명.

이윽고, 모두 내뱉은 나도석이 지친 얼굴로 강서준을 바라봤다.

"그래서 어쩌려고?"

"마법을 써야죠."

"……외웠어?"

강서준은 고개를 가로저었다.

"아뇨, 제 역할이 아닙니다."

그게 무슨 소리냐는 표정에 강서준은 어깨를 으쓱이며 훌쩍 달려 제단 옆으로 향했다.

드워프들이 방치된 곳.

그곳에서도 드워프 막내 콜에게 다가갔다.

"다 들었지?"

"으, 응?"

"빨리 그려."

콜은 강서준의 머릿속에만 있던 '흑철 슈트'의 설계 도면을 현실로 끄집어낸 천재였다.

대장장이에 어울리진 않지만, 이런 면에서 있어선 그의 실력은 비범한 데가 있는 것이다.

"잠깐만……."

이에 레드 셸이 이상함을 깨닫고 이쪽으로 다가왔다.

"무슨 개수작이냐!"

"……어딜!"

하지만 일행도 가만히 있질 않았다.

김훈의 대지 마법이 주변을 감쌌고, 최하나의 세검이 레드 셸을 저지했다.

콜의 그림은 금방 완성됐다.

"됐어!"

강서준은 흘린 피를 물감 삼아서 바닥에 그린 콜에게 엄지손가락을 내밀어 줬다.

그리고 바로 흑철 슈트를 해제했다.

"슈트는 왜……?"

"마법을 쓰려면 어쩔 수 없어."

움직이는 것만으로도 마력을 잡아먹는 하마 같은 놈이다. 흑철 슈트를 착용한 채로 마법을 쓴다는 건 무리였다.

그때 김훈이 물었다.

"……그전에, 가능한 얘기예요?"

드워프 씬은 대장장이에 대한 재능은 일절 없었지만, 가진 마력만 495나 되는 괴물이다.

또한 마력이라면 이골이 났다.

한 번도 사용해 본 적 없는 마법이지만 강서준은 자신이 있었다.

드워프 씬의 스텟.

그리고 강서준의 경험이라면…….

"할 수 있어요."

가이드라인이 제공된 빛 마법 정도야.

빛의 마법.

본래라면 '빛의 마법사'인 비올레타가 만들어서 레드 셀을 공략할 때 써먹는 기술일 것이다.

비올레타가 빛의 마법을 쓰는 캐릭터인 이유는 그래서일 테니까.

'안타까운 일이지만 나도석에게 마법은 무리야.'

역사를 전공한 사람에게 근의 공식이나 화학 주기표를 줄줄 외우라면 바로 답할 수 있는 사람이 몇이나 있을까.

나도석이 모자란 게 아니었다.

전공이 다른 것이다.

'김훈의 마법이 없으면 레드 셀을 견제하는 건 어려워. 최하나는 마법사의 스텟을 가지질 못했고.'

여유가 있는 건 강서준뿐이었다.

'……나도 반쯤은 마법사니까.'

단순히 씬의 마력 수치가 495나 돼서 하는 말이 아니었다.

그의 본래 직업은 '도서관 사서'였다.

책을 읽어 스킬을 습득하는 직업이었고, 이를 통해 '파이어볼'을 애용해 오지 않았던가.

링링처럼 마력으로 마법을 빚어내는 방식이 아니라서 마법의 메커니즘에 대해선 완전히 이해하진 못하더라도.

'그 감각만큼은 잘 알아.'

강서준은 바닥에 그려진 커닝 페이퍼를 그대로 따라 그리기 시작했다.

원을 그리고 그 안에 각종 수식과 그림을 동시에 그려 넣는다.

숙련된 마법사라면 생각과 동시에 이를 바로 구현할 수 있겠지만, 그것까지 기대할 수는 없는 법.

'0.2mm로 마력을 조절하고.'

허공에 마력으로 이루어진 실선이 그려지고 점차 거기서부터 밝은 빛이 터져 나오기 시작했다.

마법이 발동되고 있었다.

"끄아악…… 네놈들 설마?"

레드 셸이 괜히 이런 깊은 지하 속에 숨어 있는 건 아니겠지.

경악한 놈이 대번에 달려왔지만 김훈의 마법이 솟구치고, 최하나의 세검은 놈을 튕겨 냈다.

시간은 충분했다.

[스킬, '어중간한 빛(F)'을 발동합니다.]

　강서준은 미간을 좁히며 들쑥날쑥한 모양의 공을 내려다
봤다. 오래된 랜턴처럼 껌뻑이는 게 금세 죽어 버릴 듯한 밝
기였다.
　'하지만 이 정도면…….'
　그는 눈을 빛내면서 정면을 응시했다. 모두가 기대했던 정
도의 밝기는 아니었지만 괜찮을 것이다.
　요점은 '빛의 마법'이란 거다.
　파지지직!
　강서준은 그대로 공을 던져 버렸다.
　들쑥날쑥한 빛의 공은 공중을 부유하다 더는 버티질 못하
고 일순 번쩍이며 폭발했다.
　그 순간이었다.
　"크윽……!"
　어둠으로 도망치던 놈의 실체가 확 드러났고, 여지없이 달
려든 최하나의 세검이 놈의 심장을 콱 찔러 넣었다.
　푸슈우욱!
　날카롭게 도려낸 심장에선 피가 솟구쳐 올랐다.
　"인간 따위가 감히이이!"
　그제야 레드 셀이 포효하면서 그 덩치를 키우기 시작했다.
　커다란 박쥐였다.

"……동서고금을 막론하고 흡혈귀 하면 박쥐가 뛰어나오는 건 편견이 아닐까?"

강서준은 쓰게 혀를 차면서 흑철 슈트를 착용했다.

놈은 한 번 빛에 노출되면서 심장이 꿰뚫린 탓인지 전처럼 어둠속으로 스며들진 못했다.

"지금이 기회입니다."

"네!"

두말할 것도 없이 달려든 일행은 레드 셀을 공략하기 시작했다.

커다란 박쥐 날개가 휘둘러지면서 바람을 일으켰지만, 흑철 슈트의 출력을 이길 정도는 아니었다.

[장비 '흑철 슈트'의 전용 스킬, '괴력'을 발동합니다.]

높이 뛰어오른 강서준이 박쥐의 날개를 두 손으로 잡아 쭉 찢어 버렸다.

뒤이어 바닥에서 솟구친 건 괴석!

송곳처럼 가공된 돌덩이는 박쥐의 복부를 찔렀다.

최하나의 세검이 폭풍처럼 휘몰아친 건 그때부터였다.

"끄아아아아악!"

온몸에 구멍이 난 듯 피를 철철 흘리는 레드 셀. 놈이 흘리는 피의 양이 늘어날수록 박쥐의 크기는 작아지고 있었다.

"네, 네놈들 뜻대로 될 것 같으냐!"

놈이 바락바락 비명을 내질러 댔지만 소용없는 짓이었다.

애초에 엘리트 몬스터 따위였다.

특성을 파악당했고, 약점마저 공략당했으면 몬스터의 역할은 이제 경험치가 되는 것뿐이다.

강서준의 발이 시끄러운 놈의 주둥이를 걷어차 버렸다.

최하나의 세검도 놈의 미간을 꿰뚫었다.

"이것이 끄, 끝이라고 생각하-."

"-스읍. 재수 없게."

강서준은 마지막 일격을 날려 놈을 처치할 수 있었다.

[흡혈 몬스터 '진혈의 흡혈귀 레드 셀(C)'을 처치했습니다.]

꽤 있어 보이는 연출로 등장한 놈치고는 허망한 최후가 아닐 수 없었다.

＊＊＊

그리고 잠시 후, 강서준은 오들오들 떨고 있는 드워프들에게 다가갈 수 있었다.

"다들 괜찮아?"

그제야 안도의 한숨을 내뱉는 드워프들. 비록 며칠 안 됐

지만 같이 함께 일했던 기억이 새록새록 남아 있는 이들이
었다.

그중 알베르토가 한숨을 덜어 내며 말했다.

"으응. 우린 괜찮은 거 같아."

"……우린?"

그러고 보니 '스승'이 보이질 않았다.

강서준이 묻자, 알베르토가 안경을 고쳐 쓰며 답했다.

"아까 흡혈귀에게 끌려간 이후로 본 적이 없어. 다만 안쪽
에서 끔찍한 비명이 들려왔지."

알베르토가 가리킨 방향은 제단의 뒤편으로 난 통로였다.
스승은 그쪽으로 끌려간 이후로 돌아오지 않았다는 것이다.

"……보스방일까요?"

"모르겠어요. 분위기는 딱 그런데, 우린 아직 대표 NPC를
못 만났잖아요."

다만 이곳이 시나리오의 핵심 구역이라는 사실만은 확실
했다.

방금 알베르토에게 스승의 소식을 듣자마자 눈앞에 새로
운 퀘스트가 떠올랐으니까.

[새로운 정보를 습득했습니다.]
[퀘스트가 갱신되었습니다.]

강서준은 그제야 다른 드워프들은 놔두고 코브만을 끌고
간 이유를 알 수 있었다.

'스승의 파괴 레벨도 낮진 않아. 내가 없으니 그 대신으로
써먹으려는 셈이겠지.'

제한 시간 1시간의 의미는 아마 성물이 파괴되기까지 1시
간 남았다는 게 아닐까 싶었다.

그 안에 흡혈귀들의 손아귀에서 성물과 코브를 찾아내야
만 했다.

"시간이 없어요. 얼른 이동하죠."

적당히 정비를 마치고 일행은 제단의 뒤쪽으로 향했다.

유일하게 이어진 길.

그곳은 호롱불도 없어 한 치 앞도 볼 수 없는 어둠만이 가
득했다.

"잠시만요."

강서준은 남몰래 인벤토리에서 스마트폰을 꺼냈다. 이런

걸 NPC들 앞에서 꺼내도 되냐는 표정들을 짓기에, 그는 괜찮다며 웃어 보였다.

왜냐면 그는 대장장이기 때문이다.

옆을 따라 걷던 드워프 동료들이 화들짝 놀라며 물었다.

"씬, 그건 또 뭐야?"

스마트폰에서 터져 나온 플래시가 어지간히도 신기한 모양. 아무렴 과학이란 없는 세계에서 공개된 첨단 기술의 집합체였다.

대장장이들의 눈이 돌아갈 법도 했다.

강서준은 뻔뻔하게 말했다.

"신작."

"뭐?"

"스승이 따로 만들었어. 흑철 슈트 옆에 있더라."

그 말에 다들 납득한 얼굴로 고개를 끄덕였다.

우습지만 이들에겐 누가 뭐래도 스승이 최고의 대장장이였기에 가능한 변명인 것이다.

그의 물건이라면 제아무리 신기해도 그럴 듯해 보였으니까.

"고놈 참 신기한 물건이네. 스승님은 이런 걸 어떻게 생각해 내신 거지?"

강서준은 대장장이들의 감탄에 어깨를 으쓱이며 앞을 비췄다. 멀리까지 밝힐 수는 없어도 새카만 어둠이 조금씩 밀려 나갔다.

그때였다.

"그나저나 면목이 없군."

문득 강서준의 옆으로 다가온 나도석이 참담한 얼굴로 말을 이었다.

"내가 조금이라도 마력에 대해서 알고 있었다면 그 고생을 하진 않았을 거야."

"……네."

"지금도 말이야. 내가 마법만 제대로 쓸 줄 알았다면."

느닷없이 자책을 시작한 나도석은 말했다.

"앞으로도 이런 시나리오는 계속 나타나겠지?"

강서준은 고개를 끄덕였다.

지구에 나타날 테마 던전은 이게 전부가 아닐 것이며, 시간이 흐를수록 C급 던전은 우후죽순 늘어나기 마련이었다.

어떻게든 막아 내겠지만 전 지구적으로 벌어지는 던전화 현상을 일개 플레이어 혼자서 어찌할 수는 없었다.

어딘가엔 또 이런 던전이 나타난다.

나도석은 자조적으로 웃었다.

"운동만 한 내가 바보같이 느껴지는 건 처음이군."

"답지 않게 무슨 소리입니까."

"진심이야. 솔직히 너에게 진 그날도 많이 후회했어. 네가 지난번에 날 이긴 것도 마력의 영향이겠지?"

강서준은 천천히 고개를 끄덕였다.

"세상이 변했으면 사람도 그에 맞게 변해야 하는데…… 난 너무 안주했어. 반성하게 되는군. 앞으로는 마력도 투자해야 겠어."

그는 비련의 여주인공처럼 서글픈 얼굴이었다.

근데, 지금 본인이 '비올레타 공주'라는 사실은 망각한 걸까.

강서준은 의아한 눈초리를 뜬 드워프들을 살피면서 나지막이 입을 열었다.

"비올레타 공주님."

"응?"

"지난번 내기에서 제가 이길 수 있었던 건 제 특수 체질 덕입니다. 전 마력만 높은 하자 있는 대장장이니까요."

잠시 벙 찐 얼굴을 하던 나도석은 그제야 주변을 둘러보고, 상황을 깨달았다. 그는 목소리를 가다듬더니 말했다.

"그, 그래. 네가 그렇게 마력을 잘 다루는 대장장이일 줄이야. 무시해서 미안."

"아닙니다. 제가 처음부터 제대로 밝히지 않은 게 잘못이죠."

드워프들의 시선 속엔 여전히 의구심이 가득했지만, 이 정도면 충분할 것이다. 모든 걸 해명할 필요는 없었다.

'공주니까.'

공주의 프라이버시를 어떤 대장장이가 밝히려 들까.

당장은 에둘러 말하는 것만으로도 충분한 일이었다.

강서준은 일단 안도하며 나도석을 바라봤다. 아직 답변해 주지 않은 게 있었다.

"변하지 마십시오."

"응?"

"공주님은 그대로도 충분합니다."

나도석이 강서준을 내려다봤다.

안 그러려고 하는데도 나도석의 외모가 워낙 아름다워서 강서준은 저도 모르게 넋 놓을 뻔했다.

그러고 보면 저 얼굴, 과거 최하나와 같은 그룹에 있던 '유민주'를 닮았다.

꽤 라이벌 구도였지?

강서준은 문득 최하나와 눈을 마주쳤다.

"……제 생각은 이렇습니다. 사람은 누구나 할 수 있는 게 다르고, 저마다 선택지도 다르다고요."

"무슨 뜻이지?"

"공주님에겐 공주님만의 길이 있겠죠."

나도석은 헬스와 올 힘 스탯으로 여기까지 살아남은 강한 사람이었다.

그의 약점이 '마력'이라는 건 부정할 수 없는 사실이었지만, 그게 그의 단점이 될 수는 없는 것이다.

'반대로 말하자면 나도석은 마력이 아니고서야 약점이 없어.'

실제로 강서준은 여태 나도석만큼 강한 사람은 보질 못했다.

만약 그와 생사를 걸고 싸워야 한다면 어떻게 될까? 섣불리 승리를 장담할 수 없었다.

누가 이기든 피해는 막심할 거고.

"돌아가지 말고 직진하세요. 나머진 동료에게 맡기시고요."

그게 강서준의 답이었다.

"돌아가지 말고 직진하라고……?"

나도석은 생각이 많은 표정으로 고개를 끄덕였다. 부디 강서준의 조언을 잘 새겨 두길 바랐다.

괜히 변해야겠다는 개소리는 다신 안 해야 하는데…….

'올 힘 캐릭터가 이제 와 마력을 찍어서 뭘 하려고.'

평소 그의 말대로 '근손실'을 부르는 행위였다. 마력 한두 개 올리는 정도로는 씨알도 안 박히니까.

괜히 스텟만 버리는 꼴이다.

오늘처럼 마력이 발목을 붙잡을 땐, 동료의 힘을 빌리면 된다.

그조차 어렵다면 아이템이다.

대체할 방법은 많았다.

"그나저나 더럽게 길군요."

한참을 들어온 것 같은데도 어둠은 밀려날 기미가 없었다. 제단에서 이어진 길이 여기밖에 없었으니 길을 잘못 든 건 아니었다.

"속도를 좀 올릴까요?"

아직 제한 시간은 남아 있었지만 여유를 부릴 필요는 없었다. 여기까지 오는 동안 다들 포션으로 체력도 회복시켜 놨다.

이제 보스방까지 달려갈 일만 남았을 것이다.

우우우웅.

그리고 예기치 못한 일이 벌어졌다.

"……서준 씨?"

최하나조차 당황하며 본명을 입에 담았다. 강서준도 당장 뭐라 하질 못할 정도로 당황스러운 일이었다.

그들은 스마트폰의 액정을 바라봤다.

[링링.]

터무니없지만 전화가 걸려 온 것이다.

그것도 지구에서.

투욱, 툭! 툭!

문득 고개를 돌리니 드워프가 일제히 쓰러져 있었다. 재빠르게 김훈과 나도석이 NPC들을 기절시킨 모양이었다.

다행히 드워프들은 전투 능력이 전무했으니 순식간에 해낼 수 있는 일이었다.

나도석은 드워프의 목덜미를 내리친 자신의 손을 내려다보며 말했다.

"조언은 감사하게 받아들이지."

강서준은 쓰게 웃으면서 다시 스마트폰으로 시선을 돌렸다.

여전히 진동하는 스마트폰엔 링링이란 두 글자가 떠 있었다.

"받아 봐요."

"네."

그리고 연결됐다.

-어? 됐네.

"링링…… 무슨 일이야?"

-역시 될 줄 알았다니까.

"그니까 어떻게 된 일이야?"

문득 링링 주변이 대단히 시끄럽다는 걸 깨달았다. 어딘가 폭발도 일어난 듯한 소음이 들렸다.

-아직 던전 안이지?

"응. 한창 공략 중이지."

-그래. 근데 너네 던전 공략 조금만 미뤄야겠다.

강서준은 미간을 좁히며 물었다.

"……뭔 말도 안 되는 소리야?"

─정확히는 던전을 공략해도 던전을 벗어나지 말라는 얘기야. 적어도 달이 추락하기 전까지는 말이야.

……달이 추락하기 전까지는 나오지 말라고? 이건 무슨 귀신 씻나락 까먹는 소리란 말인가.

"링링. 달 추락은 막을 거야."

─그래. 그러면 좋겠는데…… 이젠 안 돼.

링링은 씁쓸한 목소리로 말했다.

─계산 착오야. 이미 달은 지구의 궤도로 들어와 버렸어.

그리고 단정 짓는다.

─이젠 아무도 막지 못해. 던전이 공략돼도 달은 지구로 추락하고 말 테니까.

달이 추락한다

박명석이 물었다.

"연결된 겁니까?"

툭, 전화를 끊은 링링은 나지막이 고개를 끄덕여 긍정했다.

이미 궤도에 진입해 버린 달.

아이러니하지만 그 덕에 통신은 연결됐다. 달 공략조의 네 명도 그래서 구할 수 있었다.

"던전 공략은 순조로운 모양이야, 다들 무사해. 곧 공략을 끝낼 기세던데."

"……그렇군요."

이런 상황을 두고 '불행 중 다행'이란 표현을 쓸 것이다. 링링은 문득 고개를 들어 하늘을 올려다봤다.

이미 지구의 궤도에 진입한 달은 육안으로도 그 표면을 살필 수 있을 정도로 크게 보이고 있었다.

재난 영화에서나 보일 법한 풍경.

비현실적이고 소름이 끼치도록 아름다웠다.

"상황은 어때?"

"최악이죠. 다들 반신반의해요."

"그래도 전부 이동시켜야 해. 달의 직접적인 영향권에 들어서기까지 3일밖에 안 남았어."

"알고 있어요."

박명석은 쓰게 웃으면서 말했다.

"안 그래도 지상수가 이동 던전을 이용해서 피난민들을 리자드맨의 우물로 이동시키고 있어요."

"그것만으로는 부족할 텐데."

"당연히 육로로도 이동하고 있죠. 아무렴 위험하겠지만 가만히 있으면 다 죽을 판이니…… 울며 겨자 먹기로 다들 이동하고 있습니다."

현재 아크는 '패닉'이었다.

달이 낙하한다는 소식은 사실 플레이어 중에서도 상부만이 알던 사실.

하지만 이렇듯 지구 가까이 근접한 달의 모습이나, 모든 이들이 대피할 수밖에 없는 상황이었다.

결국 밝혀야만 했다.

해서 아크의 사람들은 마른하늘에 날벼락을 맞듯 운석 충돌이라는 지구 멸망급 위기를 앞두고 있었다.

뭐, 새삼스럽긴 하다.

"그래도 다들 순순히 따르고 있어요. 목숨이 오늘내일하는 게 하루 이틀 일은 아니니까요."

평화롭던 지구에 달이 떨어진다면 패닉에 빠진 사람들은 그저 절망에 빠져 제대로 움직이지 못할 것이다.

하지만 진즉에 아포칼립스 세계관에서 살아가던 이들에게, 지구에 달 하나가 떨어진들 대단한 일은 아니었다.

잠시 혼란스러울 뿐.

그리고 금방 일어날 것이다.

현재 아크의 사람들은 플레이어가 아니더라도 숱한 던전 화로부터 각자의 방식으로 생존해 왔으니까.

위기는 익숙하다.

"링링 님, 곧 선착장에 도착합니다."

"알았어. 다들 준비하라고 해."

그리고 우주선을 발사하기 위해 무인도로 떠났던 그들도 다시 서울에 상륙할 수 있었다.

＊＊＊

그 시각.

"거, 좀 빨리 갑시다!"

"으으, 이게 뭔 난리래."

"……밀지 좀 마! 위험하잖아!"

아크의 변경은 물밀 듯이 밀고 나온 인파로 꽉꽉 들어차 있었다.

수천 명이나 되는 피난민.

현실이 게임이 된 이래로 이렇게 많은 사람들이 동시에 움직이는 일은 아마 처음일 것이다.

거리를 배회하던 몬스터들도 인간들의 집단행동에 다소 당황하는 눈치였다.

고작 F급, E급 몬스터들은 이게 웬 떡이냐며 바로 달려들었지만.

"우측 오크 8마리!"

"7시, 망치고블린입니다!"

"정면에도 코볼트가 나타났습니다!"

득달같이 그곳으로 달려든 플레이어들은 각자의 스킬을 뽐냈다.

벌써 5개월이다.

걸어가다 몬스터를 만나는 일은 이젠 흔했고, 플레이어의 수준도 예전과 비교 못 할 정도로 강했다.

그들이 걱정할 만한 몬스터는 이젠 D급 수준은 되어야 했다.

그리고 우려했던 대로 아크의 시민들이 단체로 움직이니, 집단으로 반응하는 개체도 있었다.

"리자드맨! 리자드맨입니다!"

"9시 방향! 리자드맨 다수 출현!"

아크의 변경을 빠져나오니 근처를 배회하던 수많은 리자드맨 병사들이 반응한 것이다.

리자드맨의 우물을 돌파했다고 해도, 이미 던전 브레이크를 통해 외부에 유출된 리자드맨 병사만 물경 수천.

그놈들을 완전히 토벌할 수는 없었다.

결국 피난 중에 마주하는 불상사는 벌어지기 마련이었다.

김강렬은 군인들을 지휘하며 말했다.

"작전대로 움직여! 1소대 준비됐나!"

"네!"

우우웅.

김강렬의 명령을 받은 1소대는 빠르게 인벤토리에서 각자 소형 빔 프로젝트를 꺼내 왔다.

그리고 리자드맨 병사들 인근의 어두운 벽면을 향해 영상을 송출했다.

크롸라라락!

준비된 스피커에서 쏟아지는 건 엄청난 울음이었다. 그에 맞추어 벽면에 비춰진 연상은 '용'이 무섭게 포효하는 장면.

키, 키이잇……!

전장에서 '고롱이'를 보고 만든 전략이었다.

리자드맨은 본능적으로 용을 무서워했고, 리자드맨 병사 정도의 지능이라면 '가짜 용'도 무기가 될 수 있는 것이다.

"지금이야! 공격을 퍼부어!"

리자드맨 병사들이 당황하며 주춤대는 틈을 노리고 마법사들의 마법이 화려하게 하늘을 수놓았다.

무시무시한 화력은 아니었다. 하지만 리자드맨 병사들이 주춤거리며 뒤로 물러나게 만들기엔 충분했다.

"이때를 놓치지 마라!"

작전은 성공이었다.

만약 리자드맨 군단이 앞뒤 안 가리고 달려들었다면, 안 그래도 손이 부족한 아크의 입장에선 큰 손해를 감수해야 할 터.

이처럼 가짜 용으로 멘탈을 흔들고, 마법으로 눈을 현혹시키니 놈들은 한동안 쉽게 달려들 생각을 못 했다.

그사이 아크의 사람들은 빠르게 행군을 지속했다.

"……김 대위님! 슬슬 약빨이 떨어집니다!"

"총이라도 써! 화력을 동원해서 시간을 끌으라고!"

"3시 방향에도 리자드맨입니다!"

문제는 시간이 흐를수록 리자드맨들도 마법의 데미지가 대단히 강하지 못하다는 사실을 깨닫는다는 것이다.

또한 용도 진짜가 아니라는 것도 알았다.

나름대로 촘촘하게 구성했던 플레이어로 이루어진 벽은 리자드맨의 파상공격에 의해 조금씩 허물어졌다.

"더는 못 버팁니다!"

결국 리자드맨 군단이 피난 행렬까지 닿고 말았다. 안 그래도 숨 쉴 틈조차 없이 움직이던 사람들.

몬스터를 피해 이리 저리 도망치다 보니, 그것만으로도 피해자가 만들어지고 있었다.

이탈자들도 생겨났다.

"……던전 안에만 들어가면 살 수 있는 거잖아. 안 그래?"

"F급 던전으로 가자. 일단 살아야지!"

"그래! 일단 그곳으로 몸을 피하면……!"

반쪽짜리 유언비어(流言蜚語)였다.

어떤 던전이든 그 안으로 숨기만 하면 살 수 있다고?

김강렬은 미간을 구기며 혀를 찼다.

뭘 모르고 하는 소리다.

'달이 추락하면 향후 10년은 서울의 환경이 엉망이 된다. 플레이어가 아니고서야 살아남을 수 없어.'

던전에 들어가서 달 추락을 피하는 것까진 좋다. 그다음은 어쩔 셈인가?

음식은?

잠은?

그 모든 걸 완벽하게 구축하는 곳은 현재로서는 'C급 던전

리자드맨의 우물'이 유일했다.

그곳엔 먹고살 만한 넓은 수림이 있었고, 몬스터로부터 안전할 수 있는 공간도 있었다.

10년쯤이야 살 만했다.

김강렬은 부대원들을 닦달했다.

"빨리 전파해! F급 던전으로 가는 건 자살행위라고!"

"……아무도 듣질 않습니다!"

위기에 익숙해졌다고는 해도 바로 코앞까지 칼날이 드리운 상황에서도 침착한 사람은 몇 없다.

결국, 대혼란이었다.

이대로면 아크의 사람들은 구심점을 잃고 저마다 서울 곳곳으로 생존을 위해 흩어져 버리고 말 것이다.

"젠장……."

그때였다.

쿠우우우웅!

리자드맨의 군단 위로 커다란 얼음덩어리가 묵직하게 떨어져 내렸다.

대규모 마법!

김강렬은 거두절미하고 그게 누구의 작품인지 알았다.

"링링 님이다! 링링 님이 합류하셨어!"

링링의 마법은 이제 시작이었다.

사방에서 쏟아지는 얼음은 마치 운석처럼 리자드맨 군단

을 찢어발겼다.

전투 마법은 전공이 아니라더니만!

"다들 정신 차려요! 리자드맨의 우물까지 이동합니다!"

잠시 마법을 넋 놓고 바라보던 플레이어들도 기세를 올려 리자드맨 군단을 밀어냈다.

"광화문까지만 가면 됩니다! 다들 힘내요!"

그렇게 아크의 피난 행렬은 끝도 없이 이어지고 있었다.

제 할 만만 하고 뚝 끊어진 전화.

꺼져 버린 검은 액정으로 일행들의 얼굴만 반사되고 있었다.

"⋯⋯."

아무도 말을 꺼내지 못하고 침만 꿀꺽 삼켰다.

쉽게 받아들일 수 없었기 때문이다.

"그러니까, 이미 끝났다는 겁니까?"

차츰 현실감각이 돌아왔다.

갑자기 걸려 온 지구에서의 전화.

링링은 터무니없지만 이미 달의 추락은 막을 수 없다고 단언하고 있었다.

"우리가 던전을 공략하는 것과 별개로 달의 추락은 예정됐고, 무슨 수를 써도 막을 수 없단 얘기죠?"

김훈은 여전히 믿을 수 없다는 듯 강서준을 바라보며 같은 질문을 반복하고 있었다.

그는 입술을 짓씹더니 말했다.

"링링 님이 농담하신 거겠죠. 그럴 리 없습니다. 그렇죠? 던전만 공략하면 막을 수 있는 일이잖습니까."

아무도 그의 말에 대답할 수 없었다. 혼란스러운 건 매한가지였으니까.

"왜…… 왜 안 된다는 겁니까? 네? 분명 던전 공략만 하면 추락은 면할 수 있다고 했잖아요!"

"김훈 씨."

"전 인정할 수 없어요. 그 고생을 했는데 전부 헛수고였다니!"

"……김훈 씨."

강서준은 차분하게 입을 열었다.

"다들 안전할 겁니다. 던전으로만 대피한다면 운석이 떨어져도 살 수 있을 거예요."

이건 가정이 아니었다.

실제로 드림 사이드 1에서 '재앙의 유성'이 떨어졌던 대륙의 사람들은 모두 던전으로 대피해서 살았다.

그래서 왕국은 유지됐고.

오랜 기간을 거쳐 다시 건국됐다는 내용이 역사서에도 나와 있었다.

"그게 문제가 아니잖습니까!"

"……."

"달이, 달이 지구에 떨어진다는 거잖아요. 다른 곳도 아니고 바로 '서울'에요!"

김훈은 자기 머리를 움켜쥐며 괴로워했다. 그나마 최하나가 침착하게 심호흡을 하더니 말했다.

"서준 씨, 정말 방법이 없는 겁니까?"

"……."

"아직 우리가 찾지 못한 공략법이 남았을 수도 있잖아요."

지금 그들이 직면한 문제는 단순했다.

C급 던전 '재앙의 유성'이 발발한 달은 B급 던전으로의 태동을 위해서 지구로 낙하한다는 것.

그리고 그들은 해당 던전을 공략함으로써 B급 던전이 되지 않도록 막는 게 목적이었다.

그리하면 달도 추락할 이유가 없어지니까.

'하지만 이미 지구의 궤도에 들어섰다고 했지.'

지구엔 중력이 있다.

그리고 그 중력권에 돌입하면 그게 무엇이든 지표면으로 끌어당기는 힘이 작용하고 만다.

해서 이미 궤도에 들어섰다는 얘기는, B급 던전이 될 필요가 없어지더라도 달은 추락한다는 것이다.

'아마 사실이겠지.'

링링이 그들에게 무슨 악감정이 있다고 이 타이밍에 이런 농담을 하겠는가.

그녀에겐 하등 쓸모없는 짓이었다.

진실이라고 봐야 한다.

'결국 달은 충돌한다.'

이젠 변하지 않는 결말이었다.

"……서준 씨."

강서준이 답이 없자, 김훈이 헛웃음을 흘리며 털썩 주저앉 았다.

더는 화낼 힘도 없나 보다.

"……그 고생을 했는데 모두 쓸모없었다니. 무슨 이런 망 겜이 다 있습니까아……."

어떤 노력을 해도 닿을 수 없음을 깨달았을 때의 인간은 무력하다.

항거할 수 없는 재난 앞에서, 본디 사람이 할 수 있는 건 깊은 절망을 받아들이는 것뿐이겠지.

김훈도,

나도석도,

최하나도,

아크의 사람들도,

어쩌면 지구에 생존한 모든 사람들 같은 감정을 느끼고 있을지도 모르는 일이었다.

'거지 같군. 결국 배드 엔딩인가.'

정말이지 김훈의 말마따나 이 게임은 밸런스를 말아먹은 망겜이 분명했다.

C급 던전이 나온 지 얼마나 됐다고 벌써 B급 던전을 앞두고 있단 말인가.

빌어먹을 게임 같으니라고.

……잠깐.

"저, 김훈 씨?"

"네……."

"방금 망겜이라고 하셨죠?"

강서준의 머릿속으로 일련의 기억들이 스치듯 떠올랐다.

처음엔 터무니없다고 생각했지만 점점 그 생각의 무게가 더해졌다. 가능성이 있었다.

"달이 떨어지는 이유는 게임 외적인 문제예요. 지구의 궤도에 이미 진입해 버렸기에 막을 수 없는 거죠."

강서준은 머릿속에 있는 복잡한 생각 덩어리를 하나씩 풀어냈다.

말할수록 그의 생각은 확신이 새겨졌다.

"하지만 근본적으로 생각해 보면 달이 추락하는 이유는 결국 하나입니다."

"……지금 무슨?"

"던전요. 달은 던전의 영향을 받아서 떨어지고 있었어요."

김훈은 뭘 그리 당연한 말을 심각한 얼굴로 하냐는 눈빛이었다.

이에 강서준은 손가락 하나를 펼쳤다.

"그렇다면 방법이 있어요."

"네?"

"달이 지구에 충돌하지 않을 단 하나의 시나리오."

원인이 있기에, 결론이 있다.

문제는 이 상황에서 그들이 맞이할 결론이란 게 '배드 엔딩'뿐이라는 거겠지.

그렇다면 다르게 생각해 보자.

'원인 자체를 제거한다면?'

강서준은 씨익 웃으면서 말했다.

"이 던전을 '롤백(Roll back)'시키는 겁니다."

진실의 성물, 이루리

강서준은 여태 이 게임에서 버그를 대처하는 다양한 방식들을 두 눈으로 봐 왔다.

자잘한 버그는 무시.

대처 가능한 수준은 삭제.

그리고 감당 못할 버그가 발생했을 때는 '롤백'을 진행시켰다. 이 점에 있어서는 현실이 게임이 됐어도 변한 게 없었다.

'그렇다면 가능해.'

롤백.

프로그램에 감당 못 할 버그가 발생했을 때, 한 구역을 격리시켜 일정 시점으로 초기화시키는 일.

공교롭게도 강서준은 롤백을 시키는 아주 치명적인 버그

를 발생시키는 방법을 알고 있었다.

그리고 그 방법이라면.

"달이 지구에 추락하는 걸 막을 수 있어요."

"······정말 가능한 얘기입니까?"

"네. 일단 사례가 있으니까요."

최하나와 강서준의 시선이 동시에 교차했다. 그녀는 강서준이 무슨 말을 하려는지 그제야 눈치챈 모양이었다.

"로테월드군요."

"네. 여길 로테월드처럼 만들 겁니다. 그러면 분명 롤백이 일어날 거고."

"······던전은 초기화되겠죠."

당시 로테월드가 초기화됐던 범위는 던전화가 진행됐던 모든 곳이었다.

즉 '던전의 영향을 받은 부분은 전부 격리 구역'에 포함된 것이다.

'이 달도 같아. 던전의 영향을 받기에 추락하던 것이니까.'

이 던전을 초기화시킨다면? 달 전체가 초기화 대상에 포함되는 것이다.

그리고 초기화가 완료됐을 즈음의 달은 지구의 궤도 안에 없겠지.

"롤백만 성공적으로 진행된다면 달이 지구와 충돌하는 일을 막을 수 있어요."

하지만 최하나는 한 가지 오점을 지적했다.

"여긴 이미 던전인 곳이에요. 던전화가 진행 중이던 로테월드와는 경우가 달라요."

로테월드에서 롤백이 일어난 이유는 던전화가 완성되는 시점에 던전 보스가 죽었기 때문이었다.

하지만 이곳은 이미 던전화가 완성된 C급 던전.

최하나의 말은 일리가 있었다.

하지만.

"괜찮을 겁니다. 원래 그 버그는 던전 브레이크가 발생하는 시각에 던전 보스를 죽였을 때 생겨나던 거니까요. 여기서도 발생할 겁니다."

요점은 하나였다.

더도 말고, 덜도 말고.

던전 브레이크가 발생하는 그 순간, 한 치의 오차도 없이.

보스 몬스터를 사냥하면 된다.

"사소한 문제라면 향후 초기화된 던전을 다시 공략해야 한다는 것 정도가 될 겁니다."

초기화가 진행되더라도 던전이 없던 순간으로 돌아가는 건 무리였다. 아마 C급 던전이 되어 또 한 번, 추락하는 날까지의 카운트다운이 시작되겠지.

강서준은 쓰게 웃었다.

"하지만 그게 어딥니까."

"……."

"한 번 더 기회가 생기는 겁니다."

끝인 줄 알았던 게임이었다.

알고 보니 보너스 코인이 있었으며, 잘만 해내면 재앙도 막을 수 있단다.

강서준은 주먹을 불끈 쥐며 어둠으로 꽉 막힌 정면을 응시했다.

"아직 끝난 건 아무것도 없습니다."

❁

보스방은 그로부터 약 10분을 더 걸은 뒤에야 발견할 수 있었다.

['볼보의 마굴'을 발견했습니다.]

비릿한 피 냄새가 진동을 하는 공간. 은은하게 빛나는 벽 때문에 어둡진 않지만 서늘한 공기에 절로 몸이 떨리는 곳이었다.

그리고 방의 중앙엔 다 죽어 가는 얼굴로 작은 거울을 두드리는 드워프도 찾을 수 있었다.

대장장이 스승, 코브였다.

"……씬?"

"괜찮으십니까?"

"어떻게 네가 여기에…… 흑철 슈트는 또 언제."

황망한 눈으로 중얼거리는 스승의 상태는 영 정상이 아니었다. 모르긴 몰라도 정신 공격이라도 당했는지 눈은 빨갛고 초점은 흐렸다.

말을 하면서도 손은 부지런히 거울, 즉 '성물'을 두드리는 걸 보면 강제적으로 누군가에게 조종이라도 당하는 것 같았다.

'성물…….'

퀘스트에 명시된 시간으로 보아 성물이 완전히 부서지기까지 이제 6분.

다행히 늦진 않은 걸까.

그때였다.

쿠콰카카카캉!

예고 없이 공격부터 날아왔다.

"레드 셀의 기척이 없어졌다 싶더니만. 역시 네놈들의 짓이구나."

"……볼보."

산양처럼 머리에 자란 뿔.

어떤 것도 파고들 것만 같은 날카로운 송곳니.

단단한 근육질의 상체.

활짝 펼쳐진 검은 날개까지.

덩치는 대단히 크진 않았지만 그 생김새만큼은 꽤 익숙했다.

왜냐면 저놈은.

'초면이 아니니까.'

[보스 몬스터 '마혈의 볼보(C)'를 발견했습니다.]

드림 사이드 1에서도 처치한 전적이 있는 놈이었다. 비록 지금 같은 C급이 아니라 B급 개체라는 점이 달랐지만.

'전체적으로 아기자기하네.'

물론 진짜 작단 얘기는 아니었다.

볼보의 덩치는 무려 3m는 되어 보였다. 특히 드워프의 입장에선 한참은 위를 올려다보아야만 얼굴이 보일 정도.

하지만 그가 알고 있던 B급의 볼보는 그 덩치가 무려 30m를 넘을 정도로 거대했다.

그걸 떠올려 보면, 역시 아기자기한 게 맞다.

한편 볼보는 사나운 눈을 부라리며 말했다.

"인간들이. 제 죽을 줄 모르고 찾아오는구나!"

산양의 뿔 위로 검붉은 마력이 솟구쳤다. 검붉은 마력은 바로 '마기'의 증거. 강서준은 일행을 향해 말했다.

"다들 조심해요."

"네?"

"저놈, 마족의 피를 먹은 흡혈귀입니다. 가능한 한 마기에 중독되지 않도록 주의해야 해요."

마혈의 볼보.

말 그대로 '마족의 혈(血)'을 삼켜 '마기'를 다룰 수 있는 흡혈귀.

해서 상대하기 까다로운 놈이었다.

"피로 물들어라. 블러드 샤워(Blood shower)!"

볼보가 망토를 펄럭이며 손을 내뻗자 허공에서 검붉은 핏빛 가시가 생성됐다. 수십, 수백 개의 가시는 일행을 향해 쇄도했다.

크콰카카칵!

일단 산개한 일행은 각자의 무기를 쥐고 볼보를 공략하기로 했다.

먼저 김훈의 마법이었다.

"땅으로 뒤덮여라. 스톤 샤워(Stone shower)!"

볼보가 내지른 블러드 샤워와 비슷한 마법이었다. 놈의 머리맡으로 수십 개나 되는 돌들이 송곳처럼 가공되어 쏟아진 것이다.

쿠쿠쿠쿠쿠!

모래먼지가 자욱하게 번져 앞은 보이지 않았지만 놈의 머리에서 빛나는 검붉은 마력은 선명했다.

강서준은 순식간에 접근하며 주먹을 휘둘렀다. 흑철 슈트의 '괴력'을 활용한 당장의 최대 일격.

하지만.

"이것뿐인가?"

먼지 속에서 의연한 목소리가 들려왔다.

그리고 쭉 뻗어진 손은 강서준의 주먹을 움켜쥐었다.

터무니없지만 놈은 아무런 데미지도 입질 않았다.

"실망스럽군."

콰아아앙!

복부를 얻어맞은 강서준은 볼품사납게 바닥을 나뒹굴었다.

흑철 슈트를 입고 있는데도 방금 공격 하나로 체력이 3분의 1이나 소모됐다.

무시무시한 공격력이었다.

"흐아아앗!"

최하나가 세검을 빠르게 찔렀다.

문제는 과할 정도로 단단한 놈의 방어력!

이번에도 생채기 하나 남질 않았다.

놈은 최하나를 향해 거칠게 발길질을 했다.

"……크윽!"

강서준은 미간을 구겼다.

'실력 차이가 과해.'

물론 120레벨의 대장장이가 슈트 하나 입었다고 보스 몬스터를 공략할 수 있으리라 생각하진 않는다.

하지만 최하나가 플레이하는 '카므리엘 백작'은 무려 전투형 캐릭터.

레벨도 200에 근접한다고 들었다.

그럼에도 작은 생채기 하나 입힐 수 없다는 게 말이 될까?

납득할 수 없었다.

볼보가 그들의 공격을 아예 피하지도 않은 데에는 그만한 이유가 있을 것이다.

놈은 으스대듯 말했다.

"간지럽구나. 인간들이여."

볼보는 다시 보복 공격을 감행했다.

하늘에서 쏟아지는 핏빛 가시들!

이번엔 볼보도 직접 움직이며 육탄 공격을 시도했다. 미처 피하지 못한 김훈은 벽에 처박히며 비명을 질렀다.

"크하하하하!"

볼보는 광기 어린 목소리를 내면서 최하나의 몸을 기역 자로 꺾었다.

미처 피하기 어려울 정도로 빠른 속도였다.

"젠장……!"

겨우 몸을 일으킨 김훈이 마법을 발동하여 볼보를 견제했지만, 놈은 터프하게도 모든 마법을 온몸으로 감내해 냈다.

여전히 데미지는 0이었다.

콰아아아앙!

'역시 이상해.'

놈은 고작 C급의 몬스터였다.

제아무리 보스 몬스터라고 해도 200레벨의 카므리엘이 내지르는 공격에도 전혀 피해가 없을 수가 있나?

그랬다면 밸런스 붕괴였다.

롤백 이전에 저놈부터 삭제되어야 할 것이다.

이런 경우는 단 하나였다.

'공략법이 틀린 거야.'

강서준은 빠르게 결론을 내리며 보스방을 쭉 둘러봤다. 아직 그들에겐 풀이하지 못한 퀘스트가 있었다.

'놈을 공략하려면 성물이 필요한 거야.'

엘리트 몬스터였던 '레드 셀'을 죽이려면 '빛의 마법'으로 놈을 끌어내야 했듯.

마찬가지로 '볼보'를 죽이려면 '성물'이란 특수한 아이템이 필요한 것이다.

강서준은 빠르게 내린 결론대로 움직였다.

"스승님!"

"⋯⋯으, 응?"

당황한 스승에게서 빠르게 성물을 빼앗았다. 추측이 맞는다면 이 거울이 보스 몬스터를 사냥하는 데에 지대한 영향을 줄 성물이었다.

[봉인이 걸려 있습니다.]

강서준은 입술을 잘근 깨물었다.

'……봉인이라.'

그리고 강서준의 행동을 눈여겨본 볼보는 부지불식간에 강서준의 앞에 나타났다.

그의 의도를 파악한 걸까.

이를 악물고 놈의 공격을 회피하며 강서준은 큰 목소리로 외쳤다.

"성물의 봉인을 해제할 겁니다. 놈을 죽이려면 그 방법뿐이에요!"

하지만 볼보는 강서준에게 작은 여유도 허용하지 않았다.

흑철 슈트의 방어력으로도 완전히 막아 낼 수 없는 공격들이 수차례 그를 두드렸다.

대번에 체력은 실처럼 줄어들었다.

이제 몇 대 더 맞으면 놈에 의해 강서준은 죽을 것이다.

그때였다.

"……나도석 씨?"

"네 말이 맞아. 난 나만의 길을 가면 돼."

"무슨 소리입니까?"

"됐고. 넌 네 할 일을 해. 나도 내 할 일을 할 테니."

문득 나도석의 발아래에서 은은하게 생겨난 빛을 확인했다.

'……오오라라고?'

말이 되질 않았다.

무지갯빛 오오라는 나도석이 헬 난이도 퀘스트를 최초로 공략해서 얻어 낸 스킬의 이펙트였다.

하나 그는 지금 모든 스킬을 봉인당한 채로 NPC 비올레타 역할을 수행하고 있지 않았던가.

'어떻게 저 스킬을 쓸 수 있는 거지?'

동시에 가녀린 비올레타의 몸 위로 어떤 형상이 덧씌워졌다. 덩치는 볼보보다 살짝 못 미치는 정도였다.

하지만 위압감은 차원이 달랐다.

[걷잡을 수 없는 강인한 의지에 의해, '플레이어 나도석의 봉인'이 일시적으로 해제됩니다.]

[플레이어 '나도석'이 스킬, '심신합일'을 발동합니다.]

나도석은 무려 비올레타의 몸 위로 본인을 형상화하여 전투를 시작했다. 여태 여유롭던 볼보의 손과 발이 어지러워지는 건 금방이었다.

아주 잠깐의 여유가 생겨났다.

'심신합일에 저런 쓸모가 있었나.'

심신합일은 마음과 몸을 하나로 만드는 스킬이었다.

해서 시스템에 의해 강제된 상황에서도 마음이 간절히 바라면 저렇듯 봉인을 억지로 해제할 수도 있는 걸까.

솔직히 어떻게 저리했는지는 모르겠다.

당장 중요한 것도 아니었다.

'오랜 시간을 버틸 수는 없을 거야. 이틈에 성물의 봉인을 해제하자.'

강서준은 전장에서 한 걸음 멀어졌다. 그의 손엔 성스러운 기운을 뿜어내는 거울이 빛나고 있었다.

'S급 파괴 스킬이 키워드야. 성물을 파괴하거나 봉인을 해제하거나…….'

그리고 강서준은 공교롭게도 S급 파괴 스킬을 가진 유일무이한 대장장이었다.

"문제는 이제 뭘 어떻게 해야 봉인을 해제할 수 있냐는 건데."

미간을 좁혀 거울을 들여다보던 강서준이 의외의 상황을 마주하게 된 건 그때였다.

─적합자다! 적합자!

……뭐?

─나 진짜 오래 기다렸잖아. 반가워! 난 이루리라고 해. 적합자의 이름은 뭐야?

거울의 단면엔 드워프 씬만이 보이는 게 아니었다. 그 너머에 누군가가 호기심 가득한 얼굴로 이쪽을 바라보고 있었다.

'성물이 특수한 아이템일 줄은 알았지만…… 이거 설마.'

황당하지만 강서준은 어쩌면 이 상황을 예상할 수 있었는지도 모른다.

어떤 테마 던전이든 반드시 존재해야 하는 '역할'은 있는 법이니까.

그래.

여태 왜 안 나타나나 했다.

[NPC, '진실의 성물 : 이루리'를 마주했습니다.]

⬥⬥⬥

―여보세요. 거기 누구 없어요?

거울 한쪽에는 한 소녀가 있었다.

회백색의 머리카락. 저런 색깔을 애쉬 그레이라고 하던가?

흰색의 단정한 코트를 입은 소녀는 허공을 두드리더니 다시 말했다.

―적합자. 내 말 안 들려?

진실의 성물 '이루리'.

흡혈귀들의 반대편에 선 NPC의 대표 격 인물이 어디에 있나 했더니만.

성물 속에 봉인되어 있었나.

'아니지. 시스템 메시지만 봐서는 이 아이 자체가 성물이야.'

어쨌든 강서준은 정신을 차리고 대답할 수 있었다.

— 저기요. 나 무시하세요?

"······들려."

— 휴. 일부러 무시하는 줄 알았네.

이루리는 이마의 땀을 닦는 시늉을 했다. 종전부터 느낀 건데, 꽤나 액션이 다양한 캐릭터였다.

— 또 대답 없네. 적합자는 여자한테 인기 없지?

"······뭐?"

— 꼭 그런 타입 같아. 소개팅 나가도 한마디도 못 하고 얼어 있지?

"아니거든?"

이루리는 피식 웃음을 터뜨렸다.

— 다들 아니라고는 하더라.

강서준은 미간을 구기며 이루리의 모습을 다시 살펴봤다. 말투도 그렇고, 겉모습만 봐서는 영락없는 애였다.

많아야 열다섯?

근데 얘는 소개팅을 어떻게 아는 거야?

강서준은 일단 모든 의문을 미뤄 두기로 했다. 지금 그에겐 이럴 시간도 사치였기 때문이다.

"일단 봉인을 해제해야겠는데."

―그럼, 얼른 해야겠지.

"어떻게 하는지 알려 주겠니?"

이에 이루리는 어깨를 으쓱이며 답했다.

―그걸 왜 나한테 물어? 그쪽이 알고 있어야지.

"……."

―농담이야.

강서준은 관자놀이를 꾹꾹 눌렀다. 이루리는 그 태도에 한마디를 덧붙였다.

―정색하기는. 유머 센스도 0점이야.

"……장난칠 때 아니니까, 제발 나 좀 도와주지 않을래?"

―흥. 보채는 성격도 별로야.

순간적으로 거울을 바닥에 내던지고 싶은 충동이 일었지만, 초인적인 인내심으로 꾹 눌러 참았다.

다행히 이루리도 더 장난치진 않았다.

―방법은 간단해. 마력으로 거울을 감싸고 그 위를 파괴 스킬로 부숴.

"……끝이야?"

―끝이지.

"정말 간단하네."

거두절미하고 강서준은 바로 거울에 마력을 덧씌웠다. 가히 성물답게 과할 정도로 쏟아부은 마력조차 가뿐히 버텨 내고 있었다.

그리고 망치를 꽉 쥐었다.

─······적합자? 감정이 실린 것 같은데?

강서준은 힘껏 내리쳤다.

[스킬, '파괴(S)'를 발동합니다.]

큰 소리를 내며 부서지는 거울.

마력으로 덧씌웠음에도 산산조각이 난 거울에 잠시 당황했지만, 다행히 성물의 봉인을 풀어내는 데에는 성공이었다.

"흐응. 산뜻한 바깥 공기······."

어느새 거울 속에만 갇혀 있던 이루리가 눈앞에 현신해 있었으니까.

그녀는 자기 코를 꽉 막더니 말했다.

"······가 아니잖아?"

NPC이자 특수 아이템 '진실의 성물'.

이루리와의 첫 만남이었다.

볼보와의 전투는 여전히 치열하게 진행 중이었다.

심신합일로 이룩한 나도석의 스킬도 처음보다는 많이 약해져 있었다.

다소 희미해진 형상이 이를 증명했다.

아무렴 무적은 아닐 것이다. 마음에도 내구도는 있을 테니까.

그나마 최하나가 옆에서 충분히 보조해 주고 있어서 상황은 진전 없이 유지되고 있었다.

강서준은 이루리를 향해 물었다.

"그럼 이제 어떡할까?"

"뭐를?"

"볼보를 잡아야지."

"아, 그랬지. 참?"

정신없는 이루리의 상태에 강서준은 눈살을 찌푸렸지만 그러려니 넘기기로 했다.

신경 써 봐야 본인만 힘든 타입이다.

"일단 적합자의 본래 모습부터 되찾아야 하지 않겠어?"

"본래 모습?"

"그 모습으로 싸울 수 있겠어?"

강서준은 자신의 몸을 내려다봤다. 비록 흑철 슈트를 입고 있다고는 하나 그 수준은 대단히 허접해 보였다.

레벨도 고작 120이다.

본래 그가 가진 스텟의 70%도 써먹질 못하는 수준이 아닌가.

그것도 전부 마력에 올인된 상태였다.

"근데 가능하겠어? 본래 모습을 되찾는다니."

"날 누구라고 생각하는 거야?"

시끄러운.

"방금 무례한 상상을 한 것 같은데."

이루리가 가재눈을 뜨며 귀신같이 강서준의 생각을 잘라먹었다.

그녀는 한숨을 푹 내쉬더니 말했다.

"에휴, 내 팔자다 해야지. 이런 못난 적합자를 만난 내 잘못이지."

그러더니 강서준에게 손을 내밀었다.

"뭐 해? 본래 모습으로 안 돌아가?"

강서준은 미심쩍은 눈을 뜨며 이루리의 손을 맞잡았다. 거기서부터 미묘한 기운이 강서준의 몸을 감돌기 시작했다.

[NPC '진실의 이루리'가 스킬, '진실 혹은 거짓'을 발동했습니다.]
[거짓된 모든 것들이 소멸합니다.]

미묘한 기운이 한차례 휩쓸고 간 뒤였다. 강서준은 키가 훌쩍 커 버렸다는 사실을 깨달았다.

순식간에 일어난 변화였다.

"과연. 이런 거였나."

목소리도 바뀌었다.

주먹을 쥐었다 폈다 해 보니 완전히 원래 인간의 모습으로 돌아왔다는 걸 확신할 수 있었다.

그리고 이루리랑 시선도 마주쳤다.

"대박…… 적합자. 로또였어?"

"무슨 소리야?"

"쭈굴거리는 찐따 드워프인 줄 알았는데, 1등 복권이었다니."

혼잣말로 중얼거리는 이루리를 일별한 강서준은 다시 볼보와 한창 전투 중인 현장을 돌아봤다.

이루리가 다급하게 말했다.

"방법은 같아. 볼보도 내가 손을 대기만 하면 거짓된 모습이 지워지고 진짜 모습이 나타나. 그러니 나를 도와서……."

"아니, 이젠 됐어."

강서준은 씨익 웃으면서 말했다.

"거짓 정도는 나도 베어 낼 수 있으니까."

[스킬, '류안(S)'을 발동합니다.]

강서준은 재앙의 유성검을 꽉 쥐면서 자세를 잡았다.

몸은 날 듯이 가벼웠다.

그리웠던 천무지체였다.

[장비 '도깨비 왕의 감투'의 전용 스킬, '이매망량'을 발동합니다.]

그리고 이루리를 향해 말했다.

"볼보보단 나머지 일행의 모습을 원래대로 되찾아 주는 걸 부탁할게."

"나, 나만 믿어."

괜스레 말을 더듬은 이루리의 상태가 가히 이상했지만, 강서준은 볼보에게 집중하기로 했다.

'여태 볼보가 공격을 맞고도 멀쩡했던 게 아니었어. 단 한 번도 맞힌 적이 없었던 거지.'

해서 볼보의 거짓을 공략하기 위해선 두 가지 방법이 필요했다.

성물에게 도움을 받아 그 거짓을 완전히 지워 내는 방법.

'그리고 거짓을 유지하는 마력의 구심점을 직접 공략하는 방법.'

순식간에 접근한 강서준은 금빛으로 일렁이는 눈을 빛내며, 볼보의 몸통을 푸욱 찔렀다.

놈의 얼굴이 대번에 일그러졌다.

"크윽…… 무슨?"

여태 멀쩡하던 놈의 몸에 드디어 상처가 생겨났다. 볼보는 화들짝 놀라며 뒤로 물러났다.

한창 거친 숨을 뱉어 내던 최하나가 물었다.

"서준 씨……?"

"고생 많았어요. 나머진 제게 맡겨요."

뒤이어 볼보가 블러드 샤워를 날리고, 각종 마법을 던져 댔지만 강서준은 모두 가뿐히 피해 냈다.

[스킬, '류안(S)'을 발동합니다.]

[스킬, '초상비(F)'를 발동합니다.]

다음으로 볼보의 면상에 주먹을 꽂아 넣었다. 손끝의 감각이 유효타를 먹였음을 확신하게 했다.

"어, 어떻게 인간 따위가……!"

강서준은 대답하지 않고 재앙의 유성검을 꽉 쥐었다. 지근거리에 다다른 그의 단검은 빠르게 휘둘러졌다.

쿠웅! 콰아앙!

쿠아아앙!

순식간에 오고 간 공방.

한 치의 물러섬도 없이 부딪친 충격파로 인해 마굴은 무너질 듯 흔들렸다.

볼보는 검붉은 마기를 더욱 끌어올리면서 외쳤다.

"크아악! 이럴 순 없다. 마족의 피를 머금은 나 마혈의 볼보 님이 그깟 인간 따위에게 무너질 리가……."

"거, 참 말 많네."

강서준은 신경질적으로 말을 잘라먹으면서 볼보에게 접근했다. 놈이 재차 공격을 가해 왔지만 가뿐히 피해 내며 재앙의 유성검을 찔러 넣었다.

몸통을 관통당한 볼보가 괴로운 비명을 질러 댔다.

그리고 무심하게 놈의 날갯죽지를 그대로 그어 버렸다. 잘려 나간 단면에서 검붉은 피가 주르륵 흘렀다.

볼보가 더욱 마기를 쏟아 내며 소리쳤다.

"대체 어떻게 성물의 힘을 쓰지 않고도 날 공격할 수 있는 거냐!"

"도움이 없긴 왜 없어? 가장 큰 도움이 되어 줬는데."

볼보의 거짓을 직접적으로 지워 낸 건 아니지만, 강서준에게 덧씌워졌던 '드워프'라는 캐릭터를 지워 낸 것만으로도 충분했다.

이 던전을 공략하려고 레벨 업을 무던히도 해 놓고 제대로 못 써먹어 아쉬웠는데.

이렇게 마음껏 사냥에 전념할 수 있으니 얼마나 좋아.

"기다려 봐. 널 만나러 사신이 오고 있으니까."

"……뭐?"

쿠아아앙!

엄청난 소음과 함께 볼보에게 휘둘러진 주먹이 있었다. 강서준처럼 거짓 속에 숨겨진 마력의 구심점을 때리는 게 아니라 직접적인 타격을 주진 못했지만.

'……고작 충격파만으로 이 정도야?'

힘껏 내지른 주먹이 품은 권풍은 거짓 속에 숨어 있던 볼보까지 한 번에 휩쓸어 버렸다. 강서준이 여태 입힌 데미지 때문인지 놈도 이 공격을 온전히 피해 낼 수는 없었다.

"후우. 이제야 좀 시원하네."

비올레타의 얼굴을 벗어던진 나도석은 어깨를 풀었다. 심신일체를 통해 억지로 끄집어낸 모습이 아니라 진짜 나도석이었다.

'그나저나 마기는 괜찮으려나?'

나도석의 약점은 마력이었다.

그리고 주변에 흩뿌려진 마기는 그보다 더 치명적인 독이 될 터.

하지만.

"날파리처럼 자꾸 거슬리게."

콰앙!

나도석은 그를 노리고 접근하던 마기를 손짓 한 방에 날려 버렸다. 터무니없지만 그는 방금 '마기'를 맨손으로 튕겨 냈다.

'더 괴물 같아졌네.'

모르긴 몰라도 심신일체의 숙련도가 상당히 올라간 것 같았다. 무지갯빛 오오라가 더 찬란하게 보인다.

강서준은 다시 돌아온 최하나도 볼 수 있었다.

"……왜 그대로죠?"

"이 던전에선 최하나보단 카므리엘이 더 강해요. 유효타만 먹일 수 있다면 도움이 될 겁니다."

강서준은 고개를 끄덕이며 납득했다.

나도석이야 레벨이 조금 낮아도 올 힘이라는 터무니없는 스텟 분배를 통해서 상위 몬스터에게도 유효타를 먹일 수 있다.

하지만 최하나는 200레벨의 볼보를 상대하기엔 약간 모자람이 있었다.

'그에 비해 카므리엘은 200레벨이니까.'

테마 던전이 쥐여 준 혜택을 활용할 수 있다면 활용하는 게 최선이다.

"제가 찌르는 곳을 같이 찌르세요."

강서준은 먼저 달려 나가며 볼보의 대퇴부를 노렸다. 놈이 재앙의 유성검을 맞부딪치며 튕겨 냈지만 그 자리로 어김없이 최하나의 세검이 꽂혔다.

치명타가 터졌다.

"끄아아아아아아악!"

카므리엘의 검은 다름 아닌 흡혈귀를 베기 위해서 코브가 특별히 제작한 세검이었다.

여태 거짓을 베어 내질 못하여 직격타를 먹일 수 없었지만, 이렇듯 공격만 성공시킨다면 흡혈귀에겐 치명적인 무기였다.

그리고 얼마나 더 타격을 입혔을까.

놈의 몸에서 검붉은 마기가 연기처럼 쏴악 방출됐다.

남아 있는 건 1m 크기의 흡혈귀.

볼보의 진체였다.

"……정말 나 없이도 거짓을 베어 냈네."

옆으로 다가온 이루리는 본래 모습을 되찾은 김훈과 함께였다.

그녀는 약간 걱정스러운 안색으로 말했다.

"하지만 조심해. 볼보는 거짓이 지워진 이후부터가 진짜 강해지니까."

강서준은 고개를 끄덕였다.

크기는 더 작아졌지만 그 안에 들어선 마기는 전보다 더 두터워져 있었다. 놈은 종전보다 아마 두 배는 강할 것이다.

'2페이즈'란 거겠지.

보스 몬스터의 체력이 30% 아래로 떨어지면 드러나는 형태.

강서준은 씨익 웃으면서 말했다.

"걱정 마. 나도 이제 시작이니까."

"……응?"

반문하는 이루리를 뒤로하고 강서준은 재앙의 유성검의 스킬인 '블러드 석션'을 발동했다.

붉은 연기가 흡수되고 강렬한 에너지가 파동을 일으켰다.

이루리가 대번에 알아봤다.

"잠깐…… 그 무기는?"

츠츳.

눈앞에 공기에서 스파크가 튀는 순간이었다. 강서준은 공간을 접듯이 달라붙어 놈의 몸통을 베었다.

"끄아악!"

결국 2페이즈가 됐어도 상황은 바뀌지 않는다.

오히려 시간이 흐를수록 볼보의 움직임만 더뎌지고 강서준의 공격력은 더욱 강해졌다.

전투가 이어질수록 더욱 큰 힘을 발휘할 수 있는 '재앙의 유성검'만이 가진 특징.

상대의 피를 머금은 것이다.

강서준은 미간을 구기면서 마력으로 단검의 검신을 때렸다.

"……야, 적당히 처먹어."

우웅.

재앙의 유성검이 반항하듯 볼보의 피를 더욱 빨아먹기에

강서준은 검을 빼고 뒤로 훌쩍 멀어졌다.

아쉬운 듯 입맛을 다시는 단검.

그리고 볼보는 이미 강서준의 공격에 의해 누더기처럼 변한 상태였다.

흡혈귀 주제에 피를 빨려서는 꽤 퍼석퍼석해진 피부가 인상적이었다.

강서준은 한숨을 푹 내쉬었다.

"김훈 씨, 부탁할게요."

"네."

이루리는 느닷없이 공간 이동을 펼친 김훈을 보다 소스라치게 놀라고 만다.

"왜…… 왜 그러는 거야? 다 잡아 놓고? 무슨??"

[플레이어 '김훈'이 '특수 포션 치료(F)'를 발동합니다.]

죽어 가던 볼보는 게걸스럽게 포션을 마시며 다시 회복하기 시작했다.

몇 번을 반복했는지 모르겠다.

"그, 그만……!"

"김훈 씨, 부탁할게요."

"끄아아아악!"

한 몬스터의 처절한 비명이 울리면서 볼보의 체력이 차올랐다. 김훈의 특수 포션 치료는 효과가 확실히 좋았다.

"아, 악마 같은 놈들! 그냥 날 죽여!"

"안 돼. 아직 때가 아니라고 했잖아."

"다가오지 마!"

다시 체력이 차오른 볼보가 발버둥을 쳤지만 강서준의 공격을 막을 수 있을 리가 없었다.

하물며 몇 번이나 반복한 일이었다.

패턴도 익숙해졌다.

재앙의 유성검의 제물이 되어 피가 쪽 빨린 볼보는 새파란 입술로 다시 놈에게 다가가는 김훈을 올려다봤다.

사신이라도 보는 눈빛이다.

"제, 제발…… 안 돼애애애!"

그렇게 17번을 더 반복했을까.

결국 볼보의 오만한 정신 상태도 개조되고 말았다. 강서준을 비롯한 일행에게 극존칭을 붙이는 것이다.

"이, 인간님이시여……."

강서준은 그제야 손을 털었다.

볼보의 썩은 동공을 보아하니 완전히 반항의 의지를 꺾어버린 모양이었다.

그래도 강서준은 재앙의 유성검으로 놈의 목을 겨누면서 으름장을 냈다.

"또 까불어 봐. 어떻게 되는지."

"아, 아, 아닙니다. 죽여만 주십쇼."

영혼에도 내구력은 있다.

아마 놈의 영혼은 아마 제정신을 차리기 힘들 정도로 마모되었겠지.

반을 죽이고 살리길 반복했다.

제아무리 C급의 보스 몬스터라고 해도 언제 끝날지 모르고 계속 반복되는 고통 속에선 버틸 수 없었던 것이다.

강서준은 볼보를 묶어서 한쪽에 놓았다. 그리고 라이칸과 오가닉을 소환해서 감시를 붙여 뒀다.

"걱정 마라. 이놈을 감시하는 것 정도야 리자드맨의 꼬리를 비트는 것보다 쉬우니."

"맞습니다, 왕이시여! 저희만 믿으십시오."

두 백귀의 든든한 말에 강서준은 더는 그쪽에 신경을 쓰지 않기로 했다.

아무렴 영혼이 연결된 존재들.

무슨 일이 일어난다면 바로 알 수 있었다. 강서준은 일행을 돌아보며 말했다.

"남은 문제는 이제 하나네요."

"네?"

"그것 때문에 할 말이 있어요. 다들 이리 좀 와 볼래요?"

사실 모두에게 밝히지 않은 게 하나 있었다.

던전을 롤백시킨다는 터무니없는 작전에서 빠질 수 없는

고질적인 문제점.

강서준은 차분하게 설명해 줬다.

김훈이 먼저 헛웃음을 지으며 답했다.

"그러니까 한 사람은 던전에 남아야만 한다는 겁니까?"

"네. 누군가는 보스 몬스터를 죽여야만 하니까요."

롤백을 시킨다는 계획의 첫 단추는 '던전 브레이크가 일어나는 시각에 맞추어 보스 몬스터를 죽이는 일'이다.

그리고 그 계획을 온전히 실행하려면 누군가는 던전에 남아서 보스 몬스터의 죽음을 조작해야 한다.

로테월드의 피에로를 죽였을 때처럼.

'결국 누군가는 던전에 고립되어야 한다는 거야.'

강서준은 그 말을 듣자마자 결연한 표정을 짓는 최하나를 살폈다. 무슨 생각을 하는지 훤히 보였다.

그녀라면 그렇게 생각할 줄 알았다.

강서준은 최하나의 어깨를 두드리며 말했다.

"아무도 희생할 필요는 없어요."

"네?"

"마지막에 남는 건 저니까요."

최하나가 미간을 구기며 반문했다.

"안 됩니다. 지구엔 서준 씨가 필요해요. 고작 이딴 던전에서 서준 씨를 잃을 순 없어요."

"알아요. 그리고 그건 최하나 씨도 마찬가지잖아요."

최하나는 단순한 플레이어가 아니었다.

아이돌 최하나.

클라크 이전에 연예인인 그녀는 노래로 많은 사람을 위로하고 있다.

지금도 그녀의 노래를 들으며 희망을 간직한 사람들이 적진 않으리라.

그녀의 희생은 아무도 원치 않는다.

'나조차도 그녀는 살았으면 하니까.'

이기적인 바람일지라도 강서준의 솔직한 심정은 그랬다.

한편 최하나는 아직 하고 싶은 말이 많은 얼굴이었다. 강서준은 그녀의 어깨를 꾹 누르면서 입을 열었다.

"사람 말은 끝까지 들어요. 제가 희생하겠다는 얘기도 아니었으니까요."

강서준은 손을 옆으로 뻗었다.

[장비 '도깨비 왕의 반지'의 전용 스킬. '도깨비의 부름'을 발동합니다.]

푸른 불꽃이 감투에 저장되어 있던 하나의 영혼을 소환하고 그대로 실체화시켰다.

리자드맨 백부장.

강서준의 스킬로 인해 재탄생한 놈이 고개를 꾹 숙이면서 충성을 맹세했다.

"남는 건 제 스킬입니다."

최하나는 그제야 납득한 얼굴이었다.

강서준이 사용하는 '도깨비의 부름'으로 소환된 영혼은 결국 일회용으로 그 쓸모가 다하면 사라지는 특징이 있다.

던전에 고립되어 소멸한들 그들이 손해 볼 일은 없다는 것이다.

김훈이 약간 질린 안색으로 말했다.

"그럼…… 끝난 겁니까?"

강서준은 쓰게 웃으며 고개를 끄덕였다.

"네. 공략, 성공입니다."

───※───

시간은 활시위를 떠나간 화살처럼 쏜살같이 지나갔다.

강서준은 던전의 정보를 확인했다.

[던전 브레이크까지 30분.]

한편 일행은 카므리엘의 저택으로 찾아온 드워프들을 마주하고 있었다.

스승 코브는 한껏 걱정스러운 안색으로 말했다.

"그럼 씬은 살아 있는 겁니까?"

"물론이다. 조금 다치긴 했지만 멀쩡하다더군."

"그렇군요. 정말 다행입니다."

정말 압권이었다.

코브는 드워프 '씬'의 얼굴을 확인하지 않으면 오늘 이곳에서 돌아가지 않겠다고 강경하게 주장했다.

뭐라더라?

늘그막에 얻은 수제자라고. 그토록 끈기 있는 대장장이는 여태 본 적이 없다고, 반드시 그의 뒤를 이을 거라고도 말했다.

강서준은 쓰게 웃으면서 코브의 주름진 얼굴을 바라봤다.

'폐급이라고 무시할 때는 언제고…… 그나저나 그때 정신이 멀쩡하지 않아 천만다행이네. 집착이 상당하잖아?'

코브는 왕성에 들어온 이후로의 기억이 모두 사라져 있었다. 볼보가 그에게 주입한 마기가 잠시지만 코브를 장악한 것에 대한 부작용이었다.

"미안하지만 절대안정이라는군. 다음에 찾아오게. 일어나면 바로 기별을 주도록 하지."

"끄응…… 기다리면 안 되오?"

"돌아가시오."

카므리엘(최하나)의 축객령.

코브는 폐기처리장의 동료들에게 질질 끌려서 저택을 나

상위 0.001%
랭커의 귀환

섰다. 그들과 함께한 시간은 얼마 되진 않았지만 참으로 의리 있는 드워프들이었다.

문득 김훈이 물었다.

"근데 이 던전이 롤백되면 저들은 어떻게 되는 겁니까?"

"네?"

"그렇잖아요. 여긴 고작 게임이 아닌데."

스승 코브.

폐기처리장의 동료들.

그리고 이곳에서 살아가는 수많은 NPC들은 모두 살아 있는 생명이다.

김훈이 지적하는 건 그 부분이었다.

롤백이 진행된다면 이 모든 것들은 무시무시한 백스페이스와 시프트, 잘라 내기로 인하여 삭제될 테니까.

강서준은 드워프들의 뒷모습을 마지막으로 눈에 담으며 말했다.

"괜찮을 겁니다."

롤백에서 삭제는 소멸을 의미하지 않는다. 로테월드처럼 던전화 자체가 발생하질 않았던 시기로 돌아가는 게 아니니까.

'C급 던전. 과거로 돌아갈 뿐이야.'

아마 지워지는 건 이곳에서 강서준 일행이 진행했던 시나리오에 관련된 내용일 뿐이다.

아마 강서준이 연기했던 드워프 씬이나 다른 일행이 보여 줬던 인물에 대한 기억들만 지워지겠지.

'그나저나 진짜 드워프 씬은 어떻게 된 거지? 단순히 조작된 인물에 불과한 건가.'

모를 일이었다.

거기부터는 시스템의 영역. 일개 플레이어가 알 턱이 없다.

강서준은 집어먹던 다과를 마지막으로 손을 털고 일어났다.

그때 입안 가득 과자를 우물우물 씹던 이루리가 다급하게 말했다.

"자, 잠깐만. 지금 하려고? 아직 24분이나 남았는데?"

"그건 던전 브레이크고."

그들은 먼저 던전을 빠져나가서 우주선을 재정비할 필요가 있었다. 롤백이 진행되기 전에 그 범위 바깥으로 빠져나가야만 했으니까.

"히잉…… 다 못 먹었는데."

"나가면 더 맛있는 거 사 줄게."

"거짓말."

이루리는 잔뜩 토라진 얼굴이었지만 순순히 강서준의 의도대로 움직여 줬다. 백작 카므리엘이 최하나로 돌아오는 것도 금방이었다.

최하나는 숨을 길게 내뱉더니 말했다.

"서준 씨, 정말 같이 안 가실 겁니까?"

"네. 마지막의 마지막까지 보고 갈게요."

"그건 몬스터에게 맡겨도 되잖아요."

"확률의 문제예요. 가능하면 여기에 제가 오래 붙어 있는 게 계획을 성공시킬 확률을 높여 줄 겁니다."

"하지만……."

강서준은 단호하게 말했다.

"이미 끝난 얘기잖습니까. 최하나 씨, 너무 걱정 마세요. 제가 누굽니까?"

"……케이죠."

"네. 이번에도 실패하지 않을 겁니다."

최하나는 체념한 얼굴로 고개를 끄덕였다. 강서준은 김훈과 나도석과도 시선을 마주쳤다.

"그럼 지구에서 뵙겠습니다."

"……네, 알겠습니다."

그들은 인벤토리에서 우주복을 꺼내어 입었다. 그대로 바깥으로 나가니 곳곳에서 소란이 들려왔다.

우주복은 이 던전과는 너무나도 괴리가 있기 때문이었다.

[플레이어, '김훈'의 정체가 발각되었습니다. 던전에서 추방됩니다.]

[플레이어, '나도석'의 정체가 발각되었습니다. 던전에서 추방됩니다.]

[플레이어, '최하나'의 정체가 발각되었습니다. 던전에서 추방됩니다.]

서서히 빛으로 산화하는 일행.

문득 최하나는 고개를 돌려 강서준을 보고 있었다.

"……."

모두가 빛으로 산화하고 홀로 남은 강서준은 말이 없었다.

문득 옆에서 혀를 차는 소리가 들렸다.

"청승맞네."

"……뭐야? 다 알고 있다는 그 표정은."

"정말 모를 줄 알았어? 내가 누군지 잊은 건 아니겠지."

하기야 이루리는 '진실 혹은 거짓'이란 이름으로 거짓된 것을 간파하는 스킬을 갖고 있었다.

그녀 앞에서 거짓말은 통하지 않겠지.

그녀는 강서준을 바라보며 말했다.

"적합자. 정말 괜찮겠어?"

"뭐를?"

"적합자가 말한 계획이 거짓이라면 적합자도 던전에 고립된다는 얘기잖아."

강서준은 천천히 고개를 끄덕였다.

사실 '도깨비의 부름'으로 소환한 '리자드맨 백부장'을 던전에 두고 빠져나간다는 계획은 불가능했다.

'던전을 빠져나가는 즉시, 영혼과의 연결이 끊기면서 스킬

은 해제될 테니까.'

다른 사람들은 '도깨비의 부름'이 어떤 방식으로 운용되는지 잘 몰라서 그리 쉽게 속아 넘어간 것이다.

이루리는 걱정스럽게 물었다.

"대안은 있어?"

"글쎄. 이제부터 알아봐야겠지."

"없다는 거구나."

약간 침울한 얼굴로 한숨을 내쉬는 이루리를 보면서 강서준은 약간 미안한 감정을 느꼈다.

"다른 사람이 널 깨웠으면 너도 이 던전을 나갈 수 있었을 텐데. 미안하게 됐어."

"뭘 사과까지야."

"진심이야. 만약 성물이 살아 있는 존재인 줄만 알았으면 네가 나한테 귀속되는 일이 없게 했을 거야."

강서준의 눈을 똑바로 바라보던 이루리는 피식 웃음을 터뜨렸다. 왠지 자조적인 웃음 같은 건 그만의 착각일까.

이루리는 말했다.

"어차피 너 말고는 날 깨울 수 있는 사람은 없었어요."

"하긴, 파괴 스킬은 나만 갖고 있었으니까."

그러자 이루리가 고개를 저었다.

"무슨 소리야? 고작 파괴 스킬 하나로 내가 눈을 뜰 수 있을 것 같아?"

"……봉인을 해제하는 방법은 네가 알려 줬잖아."

"그 얘기가 아니야."

이루리는 가볍게 혀를 차면서 말했다.

"적합자가 아니었으면 내 자아는 깨어나지도 않았어. 난 오직 한 명에게만 반응하니까."

"……뭐?"

"모르겠어? 적합자. 난 '도깨비 왕'인 당신이 아니었으면 고작 '아이템'에 불과했을 거라고."

강서준은 약간 벙 찐 얼굴로 이루리를 바라봤다.

시스템 메시지에도 드러나지 않았던 내용이었다. 그러니까, '진실의 성물'이 '도깨비'와 관련된 아이템이란 거야?

[NPC, '진실의 성물: 이루리'에 대한 정보를 습득했습니다.]

이루리는 어깨를 으쓱이며 말했다.

"뭐, 그래 봐야 이젠 부질없지. 삭막한 흡혈귀들이 나도는 왕국에 또 갇히게 생겼으니."

그러고 보면 이루리란 존재는 좀 특이했다. 단순히 NPC이자 아이템이기 때문에 하는 생각이 아니었다.

'소개팅을 알고 있었지?'

과연 흡혈귀와 싸우던 왕국의 아이템이 알 수 있는 단어일까. 언뜻 한국인이라고 착각할 정도로 닮은 생김새는 또 어뗳고.

이름도 '이루리' 석 자이지 않은가.

이루리는 기지개를 켜면서 말했다.

"에이, 내 팔자가 그렇지 뭐."

강서준은 그런 그녀를 보며 여러 가지 떠오르는 생각을 접기로 했다. 어쨌든 지금은 그녀의 정체를 파헤칠 때가 아니었다.

그에겐 해야만 하는 일이 있었다.

"슬슬 내려가 보자."

그는 바로 지하 마굴로 향했다.

여전히 자리를 지키고 있던 라이칸과 오가닉이 그를 반겼다.

영혼이 연결되어 있기 때문에 서로 생각을 공유했고, 어떤 상황인지도 빤히 알고 있는 그들이었다.

라이칸이 결연한 얼굴로 말했다.

"왕께서 하시는 일입니다. 미안해하실 건 없습니다."

"너 말고 오가닉한테 미안한 건데."

"……크흠."

강서준은 쓰게 웃으면서 라이칸의 머리를 쓰다듬었다. 처음 만났을 땐 덩치도 무지막지하게 커서 위압감만 주는 놈이었는데.

이젠 귀엽기만 하다.

"그래도 함께하는 친구들이 있어 쓸쓸하진 않겠네."

강서준은 던전 브레이크까지 남은 시간이 이제 초 단위로 줄었다는 걸 확인했다.

그리고 나지막이 리자드맨의 백부장의 영혼을 허공에 흐트러뜨렸다.

"볼보야. 죽기 딱 좋은 날씨다. 그치?"

강서준은 그렇게 던전에 고립됐다.

백도어

강서준은 나지막이 침음을 흘렸다.

"흐음……."

달 추락을 막기 위한 던전의 롤백.

던전 브레이크가 일어나는 시점에 맞추어 볼보를 죽인다는 기존의 계획은 무려 성공이었다.

[버그가 발생했습니다.]

지난번처럼 시스템 메시지가 겹쳐서 뜬 것부터 완전히 던전에 고립되기까지 그 과정은 똑같았다.

머지않아 롤백이 시작될 것도 알았다.

하지만.

"역시 이상해."

옆에서 이루리가 쓰게 웃으며 말했다.

"뭐? 지극히 정상인데."

"……다들 안 움직이잖아."

"응. 그니까 정상이라고."

강서준은 지상의 연무장에서 대련을 펼치던 기사들을 보고 있었다.

역동적인 움직임으로 서로를 향해 검을 찔러 넣는 장면. 검이 맞부딪쳐 튀는 불똥마저 허공에 박제된 듯 굳어 있다.

이루리는 괜히 기사의 볼을 콕 찔러 보면서 말했다.

"버그가 발생하면서 던전의 기능이 완전 멈춰서 그래."

"……그게 정상이라고?"

"응. 여긴 던전이니까."

강서준은 왕궁 내의 수많은 가신들을 둘러봤다. 하인부터 기사들, 걸어 다니는 모든 NPC는 일시정지된 영상처럼 굳어 있었다.

이루리가 부연 설명을 해 줬다.

"저들은 던전에 귀속된 존재들이잖아. 던전이 제 기능을 하질 못한다면 마찬가지로 똑같이 망가질 수밖에 없는 거야."

생각해 보면 간단한 문제였다.

그는 던전에 귀속된 존재가 아니기에 움직일 수 있었고,

저들은 그러지 못하기에 부지불식간에 멈춰 버렸다.

강서준은 바람 소리조차 일지 않는 적막만이 감도는 세상을 둘러보며 신음을 흘렸다.

한 단어가 떠올랐다.

'안락사(安樂死).'

던전을 롤백시키는 과정에서 걱정했던 것들이 있다.

바로 백스페이스와 시프트, 잘라 내기가 난무하는 현장에 고스란히 노출될 NPC들의 패닉이었다.

출구 없는 던전에서 그들이 속절없이 소멸하는 과정을 그대로 지켜봐야만 한다는 건 솔직히 꺼려지는 일.

'하지만 던전이 고립된 것과 동시에 관련된 모든 것들이 멈춰 버린다니…….'

사람들이 괴롭게 소멸하는 과정을 보질 않아도 된다는 점에선 무척 좋은 일이었다.

하지만.

"……생각보다 별로네."

"아름답진 않지."

흡혈귀에 대항하여 한껏 열심히 살아오던 왕국의 사람들이다.

매일 망치를 들던 드워프들, 폐기처리장을 비웃던 놈부터 그 속에서 괴로워하던 하자 있는 대장장이들까지.

울고, 웃고, 화내고, 절망하고.

비록 이곳에서 지낸 지 일주일도 채 되질 못했지만 그가 겪은 모든 것들은 현실이었다.

'버그가 생겨났을 뿐인데.'

고작 한 세계가 이렇게 무너진다.

허무하게.

그리고 아무도 모르게 조용히.

물론 초기화를 겪어서 다시 복구될 세계였지만, 누군가의 삶이 이토록 허무하게 재단된다는 건 가히 기분 좋은 일은 아닌 것이다.

강서준은 가볍게 혀를 찼다.

"……내가 남 걱정할 때가 아니지."

모든 게 멈춰 버린 세상에서 홀로 움직이는 단 한 명의 플레이어.

강서준은 성에서 가장 높은 곳까지 올라가 봤다. 멀리 이 던전의 끝에 해당하는 곳이 어딘지 확인해 볼 요량이었다.

"꽤 크네?"

아무렴 C급 던전이다.

리자드맨의 우물을 떠올려 보면 던전의 규모는 당연히 대단히 커야 정상인 것이다. 고작 로테월드의 인근만을 잡아먹던 로테타워 쪽의 던전과는 차원이 달랐다.

'하기야 그건 던전화 과정에서 망가진 곳이니까. 확장 이전에 그리됐을 수도…….'

게다가 그래서 던전 브레이크도 쉽게 일어나지 않았을까.

사실 던전의 등급이 오를수록 던전의 규모가 방대해지기 때문에, 던전꽃을 아무리 심어도 쉽게 던전 브레이크가 발생하지 않는 법이었다.

'뭐, 그쪽은 생각할 것도 없어. 이젠 가지고 있는 던전꽃도 없으니까.'

일전에 로테월드를 탈출할 때 써먹었던 '던전 브레이크'는 사용할 수 없는 방법이었다.

이루리는 가재눈을 뜨며 물었다.

"……포기한 거 아니었어?"

"내가?"

"응. 이 던전과 함께 소멸하려고 희생한 건 줄 알았는데."

강서준은 씨익 웃었다.

"설마."

그저 최하나를 남겨 둘 수 없었다.

나도석은 볼보를 제 시간에 죽일 수 있을 거라고 장담하지 못했고, 김훈의 공격력도 믿음직스럽지 못했다.

결국 남아야 할 사람은 '강서준'이 유일했으니 정해진 결론이었다.

하지만 누누이 말했듯, 그는 희생할 생각은 추호도 없었다.

"난 이 던전을 빠져나갈 거야."

"……진심이네."

"그럼 당연하지. 내가 여기서 죽을 것 같아?"

강서준이 자처해서 남은 이유 중 하나가 바로 이것이었다.

이곳을 빠져나갈 수 있는 확률이 가장 높은 사람이 누구냐, 하고 묻는다면 바로 본인이라고 장담할 수 있으니까.

'비록 여태 겪어 본 적이 없는 형태의 던전이지만 고작 던전 브레이크만으로도 빠져나갈 수 있었던 곳이다.'

그래 봐야 던전이고.

그래 봐야 게임이다.

"아직 여길 빠져나갈 방법을 못 찾았을 뿐이야."

시간은 많았다.

던전의 규모가 큰 만큼 초기화 과정은 아주 오래 걸릴 테니까.

강서준은 아주 멀리 새카맣게 가려진 시스템 제한 구역을 응시하며 말했다.

"공략법만 찾으면 돼."

그는 포기하지 않았다.

이후로 꽤 많은 시도를 해 봤다.

"이건 역시 안 되네."

"이 방법도 무리야."

"……흠. 이것도 아니야."

카브리엘의 집무실을 제 방처럼 쓰면서 이곳을 빠져나갈 방법을 무던히도 고민해 봤지만, 결과는 꽝이었다.

12일째가 되는 오늘날에 이르기까지 유의미한 수확은 없었다.

딱 실마리 하나만 잡았다.

"분명 어딘가 구멍이 있을 거야. 나 하나 정도는 빠져나갈 정도의 틈. 이 게임이 그리 완벽한 게임은 아니니까……."

문제는 그 구멍을 찾기도 전에 벌써 백스페이스가 툭툭 떨어지고 있다는 점이었다.

강서준은 벌써 수도까지 접근한 검은 물결을 확인했다.

이제 정말 시간이 얼마 남지 않았다.

"정말 별수 없을까? 이루리. 아는 게 있으면 아직 늦지 않았어, 빨리 불어."

"글쎄. 나도 잘 모른다니까?"

"너 전생에 해커였다면서?"

"말했잖아. 자세한 기억은 모두 지워져 있다고. 음. '그랬더라?'라는 정도만 남아 있어."

의외로 알게 된 건 이루리의 과거였다.

"나도 어떻게 진실의 성물이 된 건지는 몰라. 벌써 수백 년도 더 된 일이니까."

그녀는 전생에 한국인 '이루리'였으며, 해커로 꽤 이름을 알렸다고 본인 입으로 자랑했다.

　뭐라더라, 화이트 해커?

　믿기 어려운 이야기였지만 그녀의 나이는 살아온 세월을 전부 합하면 수백 살은 넘었다.

　그게 가당키나 할까.

　'모르지. 시간의 흐름 정도야……'

　일전에 로테월드에서 고립된 이후로 서울에 돌아갔을 때, 고작 며칠은 한 달이 되어 있었다.

　이 게임은 시간이 다르게 흐를 수 있다.

　어쩌면 이 아이는 이 게임의 오픈 당시, '어떤 이유'로 인해 이 '재앙의 유성'으로 난입했을지도 모르는 것이다.

　그리고 그녀가 기억하지 못하는 사이 아이템이 되어 버린 것이고.

　"도깨비는 뭔데?"

　"아직 나도 잘은 몰라. 도깨비 왕만이 내 적합자라는 사실만을 기억해."

　그래서 이루리의 정체는 아직 몇 가지 의문이 남아 있었다.

　강서준은 한량처럼 바닥을 뒹구는 이루리를 향해 물었다.

　"한국으로 돌아가고 싶진 않아?"

　"……돌아갈 한국은 남아 있고?"

강서준은 잠시 침묵하다 가볍게 혀를 찼다. 그녀의 앞에선 거짓말을 할 수 없다는 게 조금 아쉬웠다.

이루리는 식당에서 가져온 주전부리를 씹으면서 말했다.

"그리고 방법은 알려 줬잖아? 백스페이스, 시프트, 잘라 내기…… 그런 명령어가 있다면."

"그래. 다른 명령어도 만들 수 있다고."

"그렇지."

강서준은 관자놀이를 꾹꾹 눌렀다.

"그럼 그 명령어를 어떻게 만드는데?"

"그걸 내가 어떻게 알아?"

정답을 찾을 수 없는 질문과 답이었다. 강서준은 낮게 한숨을 내뱉으며 자리에서 일어났다.

이루리가 물었다.

"어디 가게?"

"……왕성 한 번 더 찾아봐야지."

"그런다고 없는 히든 시나리오가 나올까?"

"가만히 있을 순 없잖아."

벌써 12일째 반복하는 일이다.

부질없다는 걸 알면서도 강서준은 멈추지 않았다. 혹시 그가 놓치고 있는 부분이 있을지도 모르니까.

"적합자도 참 적합자야. 12일이 지나도 한결같네."

"뭐, 내가 할 수 있는 유일한 거니까."

하지만 그날도 허탕이었다.

그리고 결국 때는 왔다.

"적합자. 방법은?"

"……찾는 중이야."

벌써 성내로 들이닥친 백스페이스의 빗줄기는 더욱 강렬해졌다. 떨어진 놈들이 직선으로 움직여 대며 건물을 게걸스럽게 잡아먹었다.

가위는 또 어떤가.

훌륭한 조경사가 가꿔 놨을 성내의 아름다운 풍경들을 무심하게 싹둑싹둑 잘라서 난도질을 해 댔다.

허공에 구멍이 뚫리고, 세상은 지우개로 지우듯 소멸하고 있었다.

강서준은 가장 높은 탑에서 그 모든 걸 내려다보고 있었다.

이루리가 말했다.

"……적합자. 뭘 하든 지금 해야 해."

크콰카카각!

검은 물결은 해일이 몰아치듯 성을 잠식해 갔다. 강서준이 선 땅까지 순식간에 치고 들어올 기세였다.

사방을 둘러봤다.

이젠 아름답던 왕성은 그 어디에도 없었다. 오직 암흑만이 가득한 세계가 무시무시하게 주변을 둘러쌌다.

초기화가 완료되기 직전인 던전.

강서준은 직경 5m 전방까지 모두 지워진 걸 보면서 입술을 잘근 깨물었다.

이루리는 주머니에서 마지막 쿠키를 꺼내 먹으면서 말했다.

"그래도 적합자랑 함께했던 19일은 꽤 즐거웠어. 날 깨워 줘서 고마웠어."

"……왜 벌써 작별 인사야?"

"응? 누가 봐도 그런 타이밍 아니야?"

강서준은 미간을 구기며 말했다.

"신소리 그만하고 이리 와."

그러더니 이루리를 품에 안고 대뜸 탑에서 뛰어내려 아래로 추락하기 시작했다.

그 아래로는 검은 물결이 계속해서 차올랐다.

이루리는 씁쓸하게 웃었다.

"그래. 차라리 자의로 가는 게 속 편하지."

"……자꾸 뭔 소리야?"

걷잡을 수 없는 낙하 감각과 함께 강서준은 풍덩, 검은 물결 사이로 떨어져 내리고 말았다.

시프트로 잠식된 모든 공간은 초기화의 대상이 되어 소멸하기 마련.

['백도어(Backdoor)'에 진입했습니다.]

하지만 그럴 일은 없었다.

이루리도 감았던 눈을 뜨며 황당하단 얼굴로 강서준을 바라봤다.

"백도어? 여기 백도어가 깔려 있었다고?"

"그러게. 뭔가 있는 줄은 알았는데 이게 백도어였을 줄이야."

백도어.

인증되지 않은 사용자가 무단으로 프로그램에 개입할 수 있는 일종의 프로그램 속 숨은 통로.

강서준은 약 1m의 반경을 가진 틈 속에서 주변을 둘러봤다.

새카맣게 물들어 버린 세계.

모든 게 소멸하고 지워진 덧없는 던전의 풍경은 고요하고 어둡기만 했다.

강서준은 한숨을 덜어 내며 말했다.

"사실 이 틈을 발견한 건 좀 됐어. 왕성을 쥐 잡듯이 뒤지다 보니 허공에 살짝 일그러진 틈이 보이더라고."

"……이걸 진짜 찾아냈네."

"말했잖아. 하늘이 무너져도 솟아날 구멍은 있을 거라고."

하지만 발견한 틈을 보고도 섣불리 안으로 들어갈 생각은 하지 못했다.

그 안이 안전하다는 보장은 어려우니까.

그래서 강서준은 기다렸다.

"시프트가 차올라도 이 안으로는 들어가지 못하더라. 그래서 알았어. 여기가 마지막 희망이라고."

이루리는 헛웃음을 지으며 말했다.

"만약 여기가 정답이 아니었으면 어쩔 생각이었는데?"

"모르지. 다가오는 시스템마저 베어 버리려고 하지 않았을까."

"……진심이네. 이거 완전 미친놈이네."

강서준은 어깨를 으쓱였다.

"근데 이다음이 문제야. 이루리, 우리 이제 어떡하지?"

"……백도어에 입장했으니 아마 어딘가로 연결되긴 했을 것 같은데. 글쎄, 거길 찾아보면 되지 않을까?"

이루리의 말에 강서준은 일단 류안을 발동시켜 봤다. 하지만 백도어 내부는 그 어떤 흐름도 보이질 않았다.

"흐음……."

고민은 계속 이어졌다.

솔직히 언제까지 이 공간이 유지될지는 모르는 일이었다.

초기화가 끝나는 순간.

이곳도 없어지지 않을까?

'됐어. 쓸데없이 걱정하지 말자.'

부질없는 상상이었다.

벌어질지도 모르는 일을 걱정할 시간에 당장 이곳에서 어떻게 빠져나가는지를 고민하는 게 더 좋을 것이다.

'이제 어쩐담…… 으응?'

눈앞에 문장이 나타난 건 그때였다.

[솔직히 걱정했는데 역시 찾아내는군요.]

"……."

[케이. 오랫동안 당신을 기다렸습니다.]

터무니없지만 그건 시스템 메시지였다.

강서준은 나지막이 물었다.

"……당신, 누구야?"

말하면서 깨달았다.

백도어.

외부에서 누군가가 프로그램에 개입하도록 만들어 둔 게임 속 정체 모를 비밀 통로.

그렇다면 이곳으로 메시지를 보내 오는 사람이 누군지도 예상할 수 있을 것이다.

이 세계에서 그게 가능한 건 오직 한 사람일 테니까.

'관리자.'

하지만 상대는 쉽게 정체를 입 밖으로 꺼낼 생각이 없는 듯했다.

강서준의 질문과는 전혀 다른 대답이 돌아왔으니.

[사실 전 당신의 팬이었습니다. 당신이 드림 사이드에서 보여 주던 모든 업적들을 지켜봐 왔죠. 존경합니다.]

"아까부터 무슨 소리를 하는 거야?"

[지난번, 로테월드 사건 때 깨달았어요. 당신이 기어코 CMD 영역까지 들어왔었다는 걸.]

몇 번인가 문답을 반복해 보니 무슨 상황인지 알 수 있었다. 눈앞의 시스템 메시지는 쌍방이 아니라 일방적으로 전달될 뿐이라는 걸.

아무래도 강서준의 말은 상대에게 들리지 않는 모양이었다.

[그래서 혹시 몰라 백도어를 깔아 뒀습니다. 당신이라면 언젠가 또 이곳에 들어올 것 같았으니까.]

슬슬 백도어로 만들어진 공간이 뭉개지기 시작했다. 허공에 금이 가고 그 사이로 검은 물결이 스멀스멀 파고들었다.

이곳도 결국 임시방편이란 거다.

[많은 얘기를 나눌 시간은 없을 겁니다. 백도어의 내구성은 그리 단단하지 않으니까.]

그때 새로운 메시지가 나타났다.

[#0114 채널이 연결되었습니다.]
[이동하시겠습니까?]

0114 채널?

머릿속으로 수많은 생각이 오갔다.

강서준은 침음을 삼키며 이루리와 시선을 교차했다.

그녀도 영문을 모르겠다는 표정으로 입술을 깨물 뿐이었다.

눈앞의 메시지는 여전히 제멋대로 나타나고 있었다.

[세계를 넘으세요. 당신을 기다리겠습니다.]

대답을 재촉하는지 메시지는 몇 번인가 깜빡였다. 미간을
한껏 구긴 강서준은 선택해야만 했다.
어차피 선택지는 하나였다.

[#0114 채널로 이동합니다.]

강서준은 자신의 몸이 유령처럼 흐려진다고 생각했다. 달
에 올라갔을 때보다 훨씬 가벼운 무게감이었다.
아니.
그는 공기가 되고 있었다.

[아이크라는 이름을 찾으세요. 당신이 나아갈 길을 안내해 줄 겁니
다.]

약간의 구토감이 밀려오면서 엄청난 흡입력이 생겨났다.
동시에 그는 어딘가로 빨려 들어간다는 걸 알았다.
그리고 마지막까지 정신을 잃지 않으려던 그가 쓰러지기
직전에 한 문장이 눈에 걸렸다.

[당신의 꿈을 이루어 주는 드림 사이드!]

[환영합니다. 이곳은 '판타지 아일랜드 에어리어'입니다.]
[플레이어, '케이'가 로그인했습니다.]

······뭐?

✦✦✦

－적합······.

기분이 멍했다.

술에 취한 것처럼 감각이 흐물거렸고 귀에 물이라도 들어갔는지 먹먹한 소음이 주변을 뒤덮었다.

－적합자아아······.

꿈을 꾸는 것만 같았다. 긴 꿈. 결코 깨어나고 싶지 않은 꿈을 꾸는 것처럼 강서준은 더더욱 꿈에 취하고 싶었다.

하지만.

－적합자아아아!

강서준은 귀가 얼얼할 정도로 큰 목소리를 들으며 정신을 퍼뜩 차렸다.

먹먹하던 세상이 허물어지고 점차 현실 감각이 도드라졌다. 생생하게 느껴지는 촉감 속에서 그는 아이러니하게 살아 있다는 걸 확신했다.

그는 머리를 털며 자리에서 일어났다.

"으으……."

먼저 그의 시야를 가린 건 메시지였다.

['독'에 중독되었습니다.]

[스킬, '초재생(F)'을 발동합니다.]

[누적된 양이 너무 많습니다. 해독할 수 없습니다. 5분 이내에 사망합니다.]

쏟아지는 빗줄기에 함유된 건 독.

우주의 방사선도 버텨 내던 초재생 스킬조차 완전히 해독해 내질 못하는 독이었다.

일단 그는 인벤토리부터 뒤적였다.

[상급 HP포션을 사용했습니다.]

다행히 멀쩡하게 열린 인벤토리에서 아껴 뒀던 상급 포션을 꺼내어 마셨고, 덕분에 몸을 잠식해 나가던 독들도 서서히 밀려 나갔다.

"후우……."

강서준은 겨우 한숨을 돌리며 주변을 둘러볼 수 있었다.

그곳은 사방이 꽉 막힌 작은 동굴이었다.

강서준이 물었다.

"어떻게 된 거야?"

"하늘에서 독은 떨어지지. 적합자는 잠꼬대나 하고 있지. 내가 여기까지 적합자를 끌고 오는 게 얼마나 힘들었는지 알아?"

"흐음……."

이루리의 코트 곳곳은 뻥뻥 구멍이 뚫려 있었다. 독이 함유된 빗방울은 산성도 포함됐던 모양이었다.

강서준은 인벤토리에서 다른 옷가지를 꺼내어 건넸다.

"됐어. 내 스타일 아니야."

이루리는 약간 지친 얼굴로 말했다.

"그보다 먹을 거 남는 건 없을까? 좀 다쳐서 그런지 허기져."

"여기에 먹을 게 어디…… 아."

강서준은 문득 인벤토리 한쪽에 넣어 놨던 가방을 떠올렸다. 바로 꺼내자 그 안에 담긴 각종 주전부리가 눈에 띄었다.

강남역에서 신우현이 감사 표시로 줬던 선물들.

강서준은 그가 좋아하는 취향이 가득 담긴 과자들을 꺼내어 이루리에게 건네줬다.

"뭐야! 적합자! 이런 좋은 게 있었으면서 이제야 꺼낸 이유가 뭐냐고! 혼자 먹으려고 했지?"

"……아니거든."

"우와아아!"

이루리는 과자를 꺼내 한 움큼씩 집어삼켰다. 와그작와그작 과자 씹는 소리만 나지막이 울려 댔다.

"넌 한 입 먹어 보라는 권유도 안 하냐?"

"……먹을래?"

"됐어."

대신 강서준은 열량 흡수에 탁월한 에너지바 하나로 만족했다. 초코 함유량도 높고 아몬드도 있어 꽤 든든한 맛이 났다.

츠츠츠츳.

게다가 이루리가 과자를 섭취하는 양이 늘어날수록 그녀의 구멍 난 코트가 원상복구되고 있었다.

아픈 걸 참고 여기까지 그를 끌고 왔을 그녀에게 미안해서라도 뺏어 먹을 생각은 없었다.

"그나저나 정말 여긴 어디지?"

굵은 빗줄기가 주룩 떨어지는 동굴 밖 풍경은 적어도 '재앙의 유성' 속에서 봤던 세계는 아니었다.

적당한 녹림도 있었던 그곳에 비해선 여긴 황량한 황무지에 불과했으니까.

풀 한 포기 자라나지 않은 불모지에 그 혼자 동떨어진 기분이었다.

'하긴 풀이 자랄 환경도 아니야. 닿는 것만으로도 중독되는 독비가 떨어지는 땅이었으니.'

강서준은 일단 류안을 발동해서 좀 더 정보를 파악하기로 했다. 지피지기면 백전백승. 뭐라도 알아낸다면 생존 확률은 껑충 뛰어오르는 것이다.

　[스킬, '류안(S)'을 발동합니다.]

　'……마력이 불안정해. 폭발할 것만 같은데.'
　그래서일까.
　종종 땅은 흔들리고 거센 바람이 휘몰아쳤다. 멀리 하늘에선 낙뢰가 우수수 쏟아지기도 했다.
　불안정한 마력이 자연에 영향을 줘 재해를 일으키는 듯했다.
　다음으로 강서준은 로그 기록도 차분히 살펴봤다.

　[칭호 '세계를 넘은 자'를 획득했습니다.]
　[세계를 넘을 때의 충격을 100% 상쇄합니다.]

　'세계를 넘은 자라고……?'
　확실히 '관리자'로 추정되는 인물이 그에게 세계를 넘으라는 말을 했다. 당시엔 몹시 수상했어도 마땅한 방법이 없었으니 일단 선택한 건데.
　정말로 세계를 넘었다면.

그럼…… 여긴.

그때였다.

"저, 적합자?"

과자를 집어먹던 이루리가 당황한 얼굴로 한쪽을 가리켰다. 황무지 너머에서 빗줄기를 뚫고 일직선으로 달려오는 커다란 형체를 발견한 것이다.

강서준도 미간을 좁혔다.

'……켈베로스?'

당황도 잠시.

강서준은 빠르게 채비를 마치고 이루리와 함께 동굴을 벗어났다. 빗줄기가 다시 그를 적셔 독 데미지가 누적됐지만 그딴 건 아무래도 좋았다.

크롸아아아아아!

머리만 세 개가 달린 지옥견이 불꽃을 내뿜고 있었으니까.

보랏빛 죽음의 불꽃!

종전까지 몸을 숨길 수 있던 동굴이 통째로 불타오르는 뜨거운 마법이었다.

"……돌겠네."

지옥의 마수, 켈베로스.

레벨만 300을 넘어서는 괴물.

A급 던전에서나 등장할 법한 몬스터였다.

크롸?

놈의 또 다른 머리가 강서준을 찾아서 털을 바짝 세웠다.

그 입에서 쏟아진 건 세상 모든 걸 얼릴 것만 같은 서늘한 한기였다.

강서준은 날개를 활짝 펴 날아올랐다.

[장비, '용아병의 날개'를 발동합니다.]
[10분간 자유비행을 할 수 있습니다.]

"이루리, 내 손 잡아!"

일단 얼음 광선을 피해 공중으로 날아올랐지만 당장 해결된 문제는 아무것도 없었다.

켈베로스의 등짝에서도 날개가 돋아나더니 비행을 개시했기 때문이었다.

"적합자! 놈이 쫓아온다!"

"알아!"

강서준은 이를 악물고 빠르게 허공을 주파했다. 놈의 세 번째 머리가 크게 입을 벌리더니 벼락을 뱉어 내고야 말았다.

[스킬, '위기 감지(A)'를 발동합니다.]

가까스로 날개를 접어 벼락을 피해 냈다. 그리고 류안으로 켈베로스의 움직임을 살피며 머릿속에 다양한 전략을 구상

해 봤다.

일단 놈은 가짜가 아니었다.

'진짜 레벨 300대 몬스터……'

이렇게 도망칠 수 있다는 게 신기할 정도로 그 격부터 차이가 나는 몬스터였다.

지금의 강서준이 백날 노력한들 저 몬스터 한 놈을 후려친다는 것 자체가 불가능했다.

현재의 강서준이 감당할 수 있는 몬스터는 고작 레벨 200대였으니까.

"적합자!"

하지만 상황은 더욱 최악으로 흘러갔다.

용아병의 날개가 가진 제한 시간도 3분 남짓 남은 시점에서, 한쪽 허공으로 뭔가가 머리를 길게 내민 채로 날아오고 있었던 것이다.

강서준은 그 정체도 파악해 냈다.

'외눈박이 가고일.'

그의 불행은 한 놈으로 부족했는지 레벨 300대 몬스터가 또 합류한 셈이었다.

강서준은 이를 악물고 협곡 쪽으로 몸을 숨겼다. 날개를 접고 곡예비행을 펼치다 겨우 바닥에 착지했다.

기왕이면 몸을 숨기고 싶었는데.

기이이이이잉!

문제는 가고일의 스킬이었다.

'역시 음파 탐지를 쓰는구나.'

해서 가고일의 앞에선 은신이 무의미했다. 애초에 저놈은 마왕성에 몰래 숨어드는 놈을 찾기 위해 만들어진 키메라가 아닌가.

숨는 건 불가능했다.

"젠장……!"

예상대로 가고일은 강서준이 있는 방향으로 정확하게 날아왔다.

그 뒤를 따라 켈베로스도 포효하며 무사히 착지했다.

[장비, '용아병의 날개'가 해제되었습니다.]

진퇴양난의 순간.

"……적합자."

강서준은 입술을 잘근 깨물며 재앙의 유성검을 꺼내어 앞으로 겨눴다. 전혀 위협조차 안 되는지 켈베로스가 콧방귀를 뀌고 있었다.

이루리가 떨리는 목소리로 말했다.

"적합자. 그간 즐거웠어."

젠장.

사망 플래그를 세게 밟는 이루리에게 뭐라 할 말이 없었다.

레벨 300대의 몬스터만 둘.

강서준이 아니라 케이의 할아버지가 오더라도 이 상황을 돌파할 방법이 있을까?

제아무리 공략법이 중요하다 한들 절대적인 레벨 앞에선 무의미한 게 현실인데.

"……그래도 쉽게 죽어 줄 생각은 없다고."

이를 악물고 강서준은 재앙의 유성검을 극성으로 발동시켰다. 블러드 석션이 피를 빨아들이고 이매망량으로 변신하여 더욱 힘을 강화했다.

백귀들도 차례로 꺼내어 전투를 준비시켰다. 이루리도 앙증맞은 주먹을 꽉 쥐었다.

"후우……."

한숨을 내뱉으며 남아 있던 긴장을 털어 냈다. 그가 각오했고 용기를 내려는 순간이었다.

―……데이터 발견.

언제부터 있었는지 모를 축구공만 한 동그란 구슬이 켈베로스와 가고일의 옆에 생겨나 있었다.

기계? 드론?

정체는 알 수 없었지만 그 동그란 구슬에서 눈동자가 하나 나타나더니 켈베로스와 가고일을 노려봤다.

―버그를 제거합니다.

퍼석.

동그란 구슬에서 쏘아진 광선은 켈베로스의 머리 한쪽을 일격에 소멸시켰다. 나머지 머리가 구슬을 공략했지만 수차례 쏘아진 광선이 켈베로스의 몸에 벌집 구멍을 내는 건 금방이었다.

키잇…… 키이이잇!

당황한 가고일이 날개를 활짝 펼치고 하늘로 날아올랐다. 하지만 구슬이 그 뒤를 쫓아 빠르게 광선을 쏘아 냈다.

퍼서석.

도망치던 가고일조차 먼지처럼 소멸하는 데에 걸린 시간은 몇 초였다.

"……."

그리고 돌연 구슬은 강서준의 앞에 나타났다. 놈이 강서준의 위아래를 빠르게 스캔했다.

─사용자 식별. '플레이어 케이'를 확인했습니다. 데이터가 부족합니다. 정보를 수집합니다.

그러더니 나타날 때처럼 놈은 순식간에 사라졌다.

이후로도 한참을 덩그러니 서 있던 강서준은 구슬이 완전히 사라졌다는 걸 확인하고 나서야 겨우 긴장을 내려놓았다.

다리에 힘이 풀려 주저앉은 그는 옆에서 덜덜 떨고 있던 이루리와 시선을 마주쳤다.

"대체…… 뭐였지?"

아무도 답을 할 수 없었다.

난생처음 보는 것이었으니까.

다만 확실한 건 하나였다.

"여기 아무래도 내가 알던 세계는 아닌 것 같은데."

강서준이 드림 사이드 1으로 전입한 지 불과 1시간 이내에 벌어진 일이었다.

드림 사이드 1의 세계

드림 사이드.

현실이 된 던전 아포칼립스 게임이자, 6개월 전 서비스가 종료된 게임.

'그랬어야 하는데…….'

강서준은 황량하기 그지없는 전경을 바라보며 나지막이 한숨을 쉬었다.

다시 생각해 봐도 터무니없었다.

'게임이 현실이 된 걸로 모자라 아예 게임 속으로 들어와 버리다니.'

안 그래도 비현실적인 것들이 난무하는 세상에서 또 한 번 정점을 찍었다.

강서준은 사방에서 느껴지는 온갖 감각들을 향유하며 한숨을 뱉어 냈다.

"이곳도 현실 같네."

게임이라고 부자연스러운 건 없었다.

보이는 모든 것들은 진짜 같았고, 축축한 냄새부터 쓴 입맛, 쓰라린 통증도 그대로였다.

하기야 게임과 현실을 구분하는 건 이제 와선 대단히 의미 없을 짓이었다.

그가 고민해야 할 건 다른 쪽.

과연 오늘이 '언제'냐는 것이다.

"과거로 회귀한 걸까?"

"응? 적합자. 무슨 개소리야?"

"이상하잖아. 분명히 서비스가 종료된 게임인데 버젓이 존재하고 있으니까."

버그로 인해 롤백이 결정된 던전만 하더라도 NPC는 전원이 떨어진 것처럼 모조리 멈췄다.

그렇다면 섭종된 세계도 비슷해야 하지 않을까?

던전이 아니라, 게임 그 기능을 멈춘 셈이었다. 이곳도 전부 멈춰야 마땅했다.

그러니 여긴 아직 섭종이 일어나기 전인 드림 사이드 1의 세계인지도 몰랐다.

'……그럴 리는 없겠지.'

롤백된 공간은 외부와 시간이 다르게 흐른다는 걸 떠올려보면 '시간 회귀' 정도야 가능성은 있었다.

하지만 이번엔 확실하게 아니라고 말할 수 있었다.

왜냐면.

'이곳에 모르는 놈이 있으니까.'

강서준은 관자놀이를 꾹꾹 누르면서 켈베로스와 외눈박이 가고일을 장난감 다루듯 손쉽게 죽인 존재를 떠올렸다.

정체 모를 괴물.

적어도 그가 기억하는 드림 사이드엔 그런 놈은 듣도 보도 못했다.

"결국 여긴 섭종 이후의 세계란 거야."

과연 섭종 이후로 얼마나 흘렀을까. 단순히 현실의 시간으로 판단하기엔 정보가 부족했다.

이곳도 시간이 다르게 흘렀을 수도 있으니까.

'그걸 고려하지 않더라도 여긴 충분히 위험한 세계야. 이미 5년은 플레이된 곳이니까.'

레벨 300대의 지옥의 마수 '켈베로스'가 버젓이 돌아다닌다.

A급 던전인 '지옥 변경'의 문지기 몬스터인 켈베로스는 전성기의 해츨링 마그리트의 뺨을 칠 정도로 강했다.

'외눈박이 가고일은 어떻고.'

A급 던전 '마왕성'을 지키는 이놈도 만만치 않았다.

또한 이놈들이 필드를 돌아다닌다는 건 무엇을 뜻하는 거겠는가.

'여긴 S급 던전이 실존하는 세계야.'

A급 던전이 던전 브레이크를 일으켰으니 레벨 300대의 몬스터가 필드를 활보하는 것이다.

'그에 비해 나는…….'

강서준은 B급 던전조차 공략할 수 없었다. 그가 어쩌다 여기까지 흘러왔던가.

고작 C급 던전을 제때 공략해 내질 못하여 이 사달이 벌어졌다.

그는 너무나도 약했다.

'여긴 스치면 진짜 사망이야.'

그래서 강서준은 정신을 바짝 차리고 생존에만 전념하기로 했다. 가능한 한 어떤 몬스터도 마주치지 않으려고 최선을 다했다.

"적합자. 바람이 칼춤을 추고 있어."

"응. 슬슬 준비해야겠다."

강서준은 손에 마력을 휘감아 메마른 땅을 파고 또 팠다. 백귀까지 일을 도와주니 사람 두 명 정도 넉넉히 들어갈 공간은 어렵지 않게 만들 수 있었다.

이루리의 말처럼 곧 '바람'은 '칼날'이 됐고, 세상을 모두 찢어발길 것만 같은 매서운 절삭음이 들려오기 시작했다.

상위0.001%
랭커의귀환

칼바람 폭풍.

이 근방에서 가장 흔하게 일어나는 재난 현상이었다. 대기 중의 닿는 모든 걸 절삭해 내는 무시무시한 성질을 갖고 있다지.

그 파괴력은 가히 A급 던전 몬스터의 공격력에 버금갔다.

이렇듯 땅을 파고 들어가 입구를 막아 두질 않는다면 순식간에 목숨마저 잘려 나갈 것이다.

"적합자. 이러다 우리가 먼저 말라 죽겠어."

"알아. 하지만 별수 없잖아."

칼바람 폭풍은 하루에도 다섯 번에서 여섯 번은 휘몰아친다. 그 시간은 대략 1시간 정도. 그동안은 어떤 이동도 불허했다.

적어도 하루에 5시간은 이동이 제한된다는 것이다.

'게다가 재난은 칼바람 폭풍이 전부가 아니야.'

초재생으로도 회복시키기 곤란한 '독 비'부터 주기적으로 지형을 뒤바꾸는 지진.

가끔 솟구치는 용암도 이 근방에선 흔한 풍경이었다.

'거기에 몬스터까지 피해야지. 정말이지, 헬 난이도 뺨을 세게 후려쳐도 할 말이 없겠군.'

결국 이동속도는 현저히 느려질 수밖에 없었다. 강서준은 한숨을 밀어내며 이루리를 향해 말했다.

"그래도 그 덕에 편히 쉬잖아."

"……그야 그렇지만."

칼바람 폭풍 속에선 그 어떤 몬스터도 자유롭지 못했다. 그나마 이때만큼은 몬스터 걱정 없이 편하게 쉴 수 있었다.

"잠이라도 자 둬."

"끄응…… 알았어."

강서준은 좁은 공간에서 몸을 웅크러트리고 쪽잠에 빠져드는 이루리를 바라봤다.

그녀에게 괜찮은 척을 하긴 했지만 상황은 갈수록 최악이었다.

'식량이 다 떨어지기 전에 여긴 벗어나야 할 텐데.'

다행히 현재 그가 어디에 있는지는 얼추 파악하고 있었다.

재난이 수시로 휘몰아치는 죽음의 땅. 나아가 지옥 계열 몬스터가 판을 치는 곳은 하나였다.

'알론 제국의 극동 지방, 블랙 그라운드.'

해서 여기서 어느 쪽으로 향해야 하는지도 알 수 있었다.

'해가 지는 서쪽으로 가다 보면 알론 제국이 나오겠지.'

알론 제국은 블랙 그라운드의 변경에 자리 잡은 NPC들의 최전선.

그곳의 NPC들이라면 A급 몬스터 정도는 가볍게 갖고 놀 수도 있을 것이다.

목적지는 그곳이다.

거기만 도착한다면 한시름 덜 수 있으리라.

'아이크란 NPC도 찾아야지.'

백도어를 남긴 의문의 관리자가 알려 준 정보였다. 모르긴
몰라도, 그를 찾아내는 게 강서준이 이곳에서 살아남는 유일
한 방법일 것이다.

'그래. 일단 생존부터 생각하자.'

알론 제국이든.

NPC 아이크든.

이 세계의 관리자든.

재난이 수시로 휘몰아치고, 지옥의 몬스터가 판을 치는 블
랙 그라운드를 벗어나야 할 것이다.

뭐든 그때부터 시작되리라.

<hr/>

이후로 23일이나 지났다.

['블랙 그라운드'를 벗어났습니다.]

['알론 제국의 변경'에 진입했습니다.]

[!]

[저질스러운 수준의 플레이어가 터무니없이 위험한 지역에서 살아남
았습니다. 당신은 바퀴벌레보다 질긴 생명력을 가졌습니다.]

[칭호, '생존의 대가(A)'를 습득했습니다.]

[본인의 레벨보다 수준 높은 지역에서의 생존입니다. 체력이 20 상승합니다.]

두더지처럼 숨고 또 숨기를 반복하며 이동한 강서준이었다. 결국 몬스터와 단 한 번의 접촉도 없이 '블랙 그라운드'를 빠져나올 수 있었다.

모두 류안과 영안, 초상비, 백귀, 고롱이, 그리고 그가 가진 모든 역량을 쏟아부은 결과였다.

'그 고생을 해서 쌓은 능력이 고작 숨는 것에만 쓰인다는 게 통탄스러울 따름이야.'

별수 있겠는가.

그가 감당하기엔 너무나도 높은 수준의 세계였고, 이렇듯 살아서 여기까지 온 것만 해도 기적이었다.

본래 RPG 게임에서 저렙의 한계는 명확했다.

"그나저나 적합자. 여기 맞아?"

"……아마도?"

강서준은 눈살을 찌푸리며 알론 제국의 변경을 둘러봤다. 솔직히 블랙 그라운드만 벗어나면 어떻게든 될 줄 알았다.

여전히 몬스터의 수준이 그보다 높겠지만, 알론 제국의 변경은 녹림이 우거진 숲이었으니까.

숨을 곳도, 먹을 것도 많으리라.

하지만 여긴…….

"블랙 그라운드랑 다를 게 없는데."

바짝 마른 나무와 여기저기 부서진 흔적들. 바람에 실린 흙먼지가 입안을 텁텁하게 했다.

녹림이 우거졌던 숲은 없었다.

"일단 더 가 보자."

"……응."

강서준은 경계를 늦추지 않았다. 알론 제국을 목표로 조금씩 나아가다 보니 더욱 파괴된 흔적들을 발견할 수 있었다.

이곳에서 무슨 일이 벌어졌는지는 몰라도 좋지 않은 소식이었다.

'이러면 곤란한데…….'

이윽고 강서준은 알론 제국의 최전방에 해당하는 도시 '카누비스'에 도착했다.

"전쟁이라도 난 것 같네."

"……적합자. 내 눈이 실수하는 게 아니라면 이거 용의 발자국이야?"

"정확하게 봤어."

짓이겨진 성벽 아래로 큼지막한 발자국이 어지럽게 찍혀 있었다. 용이 이곳에서 난동을 부렸다는 증거.

강서준은 초상비를 발동해 아직 멀쩡한 성벽 위로 올라갔다. 카누비스의 전경이 전부 보였다.

"용뿐이 아니군. 각종 몬스터의 습격을 받았어."

카누비스는 말 그대로 이미 초토화된 도시.

건물은 무너졌고, 사방엔 몬스터의 흔적만 역력했다. NPC? 살아 있는 사람이라도 발견하면 다행이었다.

강서준은 나지막이 침을 삼켰다.

"그럼에도 조용한 도시라……."

그게 참 이상했다.

보이는 풍경은 모조리 시끄러울 정도로 요란스러웠고, 성벽이 부서진 흔적부터 곳곳에 폐허가 된 건물들도 즐비해 있었다.

근데 여긴 몬스터의 울음 하나 없다.

어떻게 된 걸까.

'추측할 수 있는 건 두 개야.'

몬스터로부터 침공을 받은 지 아주 오래돼서 그 이후로 아무도 이곳을 방문하질 않은 것이다.

그리고 또 하나는.

'……몬스터조차 살아남질 못했을 경우.'

강서준은 한숨을 삼키며 카누비스의 곳곳을 수색했다. 몬스터의 흔적부터 NPC의 흔적까지 샅샅이 찾아봤지만 허탕이었다.

그리고 결론은 후자였다.

'빌어먹을. 전부 증발했어.'

몬스터의 발자국이나 NPC들의 발자국은 전부 일정한 구역 내에서 동시에 사라져 있었다.

막강한 용의 발자국조차 반절만 찍힌 채로 사라진 걸 무어라 설명할까.

공교롭게도 강서준은 답을 알았다.

'그놈도 이곳에 나타난 건가.'

켈베로스와 외눈박이 가고일을 처치했던 정체 모를 구슬. 떠다니는 눈동자 같은 녀석이 만약 이곳에 나타났다고 가정한다면 주변 상황을 어느 정도 납득할 수 있었다.

그놈에게 직격당한 켈베로스와 외눈박이 가고일이 단박에 소멸했던 것처럼.

카누비스의 있던 모든 이들이 소멸한 것이다.

이루리가 물었다.

"······적합자. 그럼 우린 이제 어떡해?"

"계속 찾아봐야지. 그 많은 NPC들이 전부 소멸했을 리는 없어."

실낱같은 희망이었지만, 강서준은 믿기로 했다. 어디든 한 명이라도 살아 있을 것이다.

몬스터보다 인간의 생존 욕구는 훨씬 강한 법이니까.

그리고 강서준이 기억하는 알론 제국의 NPC들은 숱한 전쟁의 역사에서도 끈질기게 살아남은 민족이었다.

"잠깐······."

그렇게 한참을 수색하던 강서준이 도심에서도 후미진 골

목 언저리에 다다랐을 즈음이었다.

"이거 최근 흔적이잖아?"

꺼지다 만 불씨가 타닥타닥 타오르는 모닥불이었다. 골목 어귀에 절묘하게 숨어 있는 그곳에서 강서준은 아직 식지 않은 모닥불의 열기를 느낄 수 있었다.

"……아직 이 근처에 있어."

강서준은 류안을 발동해서 모닥불을 흘리고 갔을 누군가의 흐름을 추적하기로 했다.

찍힌 발자국으로 보아 한 명은 아니었다.

"이루리. 넌 잠시 이곳에 있어."

"……응?"

그는 초상비를 극성으로 발동하며 건물의 외벽을 박차고 옥상까지 내달렸다.

흔적은 금방 또 찾을 수 있었다.

'누군가 쫓기고 있어.'

건물 사이에서 발견한 건 빠르게 누군가의 뒤를 쫓는 몇몇의 사람들이었다. 민첩 스킬이 꽤 높은 편인지 가볍게 발자국을 남기고 있었다.

'……흐음.'

이윽고 쫓기던 사람이 막힌 골목에 다다랐을 시점이었다. 강서준은 높은 건물 위에서 그 모든 장면을 내려다봤다.

꽤 오랜만에 본 사람들.

괜한 향수에 빠져 묘한 기분이 들었다.

"……으음?"

근데 문제가 있었다.

"끈질긴 놈. 더 도망갈 생각은 마라."

"다들 긴장을 풀지 마!"

괴한에게 포위된 한 남자.

헝클어진 머리카락과 찢어진 셔츠였다. 강서준은 믿을 수 없다는 표정으로 그를 내려다봤다.

그들이 한 남자를 향해 말했다.

"이름 모를 플레이어여. 순순히 운명을 받아들여!"

그는 '교복'을 입고 있었다.

<hr />

어쩌다 이렇게 됐을까.

"젠장! 뭐 이리 빨라?"

"쫓아! 놓치면 안 돼!"

거친 숨을 내뱉으며 어둑한 골목으로 접어들었다. 부서진 잔해를 밟고 뛰어넘으며 전력으로 내달렸다.

"뭐 하는 거야? 고작 어린애 하나 못 잡아?"

"너네 이대로 소멸당하고 싶어?"

김시후는 무심코 푹 꺼져 버린 바닥 때문에 그대로 앞으로 굴러야만 했다. 바닥에 널브러진 날카로운 잔해들이 온몸에 박혔다.

상당히 고통스러웠다.

하지만 이를 악물고 바로 일어났다. 이대로 쓰러지면 속수무책으로 잡히는 건 예정된 미래.

그는 그 미래를 원치 않았다.

'잡히면 끝이야.'

머릿속으로 몇 번이나 반복한 생각을 또 한 번 떠올리며 억지로 다리에 힘을 밀어 넣었다.

죽을힘을 다해 앞으로 내달렸다.

"거기 서!"

쇄애애애액!

불길한 바람 소리.

김시후는 뒤도 안 돌아보고 바로 옆으로 펄쩍 뛰었다. 그가 달리던 자리로 화살이 빠르게 지나쳐 갔다.

아슬아슬했다.

"쳇, 귀찮은 스킬을 갖고 있어!"

"난사해! 쏘다 보면 맞겠지!"

젠장.

그날 괜히 부모님에게 화를 낸 게 잘못이었을까? 친구한테 돈을 빌려 놓고 모른 척 안 갚은 게 문제였을까.

어쩌면 일찍 일어난 것부터 잘못이었는지도 모른다.

'젠장…… 젠장. 젠장. 젠장!'

플레이어 김시후.

방년 19세.

그가 기억하는 마지막 한국의 모습은 흔한 등굣길이었다.

버스를 타고 50분.

꽤 학교에서 먼 거리에 살고 있는 그는 누구보다 일찍 등 굣길에 올라야만 했다.

뭐, 그렇다고 꼭두새벽같이 집을 나설 필요는 없었을 것이다.

그가 그날 새벽 6시도 안 돼서 밖에 나온 건, 사실 전날 부모님과 한탕 크게 싸웠기 때문이니까.

'아들한테 롱패딩 하나 사 주는 게 그리 어려운 일이야? 그게 그리 아까운 일이냐고!'

한때는 그렇게 한탄하면서 부모님의 얼굴도 보기 싫어, 꼭 두새벽부터 등굣길에 올랐더랬다.

그리고 새벽 6시.

정확하게 5시 50분쯤에 도착한 새벽 버스를 타고 뉘엿뉘 엿 밝아 오는 새벽녘을 볼 즈음이었다.

키릇키릇…….

어디선가 들려온 울음.

김시후는 잠결에 잘못 들은 거라 생각하고 다시 눈꺼풀을 닫았지만, 곧 그의 몸이 갑자기 롤러코스터라도 탄 듯 붕 떠올라 버렸다.

"으아아아악!"

정신을 차렸을 때 이미 그가 있는 곳은 한국이 아니었다.

"골목이다! 놈이 골목으로 들어갔어!"

김시후는 벽을 박차 올라 쌓여 있는 높은 잔해를 넘어섰다. '바람의 정령'이 그를 도왔고 종종 날아오는 화살도 미리 알려 줬다.

하지만 정령술사인 그에게 체력은 늘 부족한 법.

"헉, 헉, 허억⋯⋯."

마나도 거의 다 떨어졌고, 정령을 유지할 힘도 없었다. 곧 그의 정령들이 아쉬운 얼굴로 눈앞에서 사라졌다.

김시후는 토할 것 같은 기분을 밀어내며 앞을 가로막은 벽을 바라봤다.

작은 마나라도 남았다면⋯⋯.

그는 여길 넘었을 것이다.

'아니야. 어제 내가 피곤하다고 일찍 잠들지만 않았으면.'

레벨을 조금이라도 올려 뒀다면.

아니, 아니, 아니.

그날 부모님과 싸우지만 않았다면 이런 일은 벌어지지도 않았을지도 모르겠다.

김시후는 입술을 꽉 깨물었다.

"후우⋯⋯ 쥐새끼 같은 놈. 이제야 멈추는구나."

뒤를 돌아보니 승냥이 떼처럼 모여든 수십의 NPC들이 보였다.

NPC라…….

본래라면 게임에서 플레이어에게 도움을 청하고, 또한 보상을 지급할 뿐인 인물들.

그리고 퀘스트나 쥐여 주던 이놈들에게 쫓기는 건 어느덧 이 세계에선 가장 흔한 일이었다.

'하필 광신도들에게 걸리다니!'

NPC도 NPC 나름이다.

특히 드림 사이드란 게임에서 NPC의 자유도는 상당히 높았고, 악 성향 NPC들은 종종 플레이어들을 곤란에 빠트리곤 했다.

물론 눈앞의 NPC들이 악 성향이라면 그건 또 아닐 것이다.

"순순히 운명을 받아들여."

"……젠장."

"우리도 젠장이야. 너희 때문에 이게 다 뭔데?"

광신도의 성향엔 선과 악이 없다.

한마디로 저들 중엔 이전에 플레이어와 꽤 친했던 NPC도 있고, 사이가 나빴던 NPC도 있다.

이유는 간단했다.

NPC들도 결국 먹고살기 위해서 '플레이어'를 사냥하는 것이다. 해서 '그들'에게 바쳐야만 한다.

"이런다고 너희들을 정말 그들이 살려 줄 거라고 생각해?"

"시답잖은 개소리로군."

"그들이 정말 너흴 지켜 줄 것 같냐고."

하지만 광신도들이 괜히 광신도라 불릴까. 저들은 **뼛속** 깊이 생존을 위해서 자신의 신념 자체를 갈아 버린 자들이다.

씨알도 안 박힐 말들이었다.

"됐고. 잔챙이는 이만 잡혀 주시지."

그때 김시후는 눈치껏 옆으로 뛸 수 있었다. 작은 구멍이 보였고, 그쪽으로 도망칠 심산이었다.

쐐애애액!

"끄으윽……!"

문제는 그에겐 마나가 바닥이었고, 주특기인 정령술은 전혀 시도조차 할 수 없다는 점.

광신도가 쏘아 낸 화살이 김시후의 다리를 꿰뚫었다. 아킬레스건을 정확하게 노린 걸로 보아 아예 도망칠 생각조차 없앨 속셈이었다.

그럼에도 김시후는 절뚝이며 도망치려 했다.

"이대로 잡힐 수는……."

그러자 광신도 중 한 명이 한숨을 길게 내뱉으며 천천히 걸어 나왔다.

그는 김시후의 등을 걷어차 바닥에 나뒹굴게 만든 뒤, 그의 등을 발로 밟으면서 말했다.

"왜 플레이어들은 끝을 모르는 걸까."

아득바득 일어나려는 김시후와 그를 짓밟고 선 NPC의 모습.

몇 번이나 더 반복하려니 NPC가 성난 목소리로 말했다.

"가만히 좀 있으라고!"

퍼억!

복부를 걷어차이니 숨이 안 쉬어졌다. 꺽꺽대는 사이 의식이 점차 흐려졌다.

김시후는 문득 과거를 보고 있었다.

숱한 후회 속에서 살아온 나날.

이런 식으로 죽게 될 줄은 몰랐다.

'제발…… 한 번만. 딱 한 번의 기회만 있다면.'

그는 올바른 선택을 하고 싶었다.

롱패딩이 무엇이 중요하겠는가. 그딴 게 없어도 부모님과 화목하게 잘 지낼 수 있었다.

친구에게 빌린 돈?

다 갚을 거다.

그래. 제발, 제발 신이 있다면.

간곡한 마음으로 빌어 봤지만 김시후는 이 세계의 신 따위는 없다는 걸 누구보다 잘 알고 있었다.

아니, 어쩌면 신이 이 세계를 이딴 식으로 만들었는지도 모르는 일.

결국 그가 NPC에게 잡혀서 소멸하는 이유도 신의 뜻일 것이다.

"쯧. 완전히 맛이 갔군."

김시후는 발작을 일으키는 정신을 겨우 붙잡으며 눈을 부릅뜨고자 했다. 하지만 보잘것없이 떨어진 HP 총량이 끝을 가리키고 있었다.

남은 힘은 없었다.

그렇게 두어 번 숨을 헐떡일 즈음.

쿠우우우웅.

눈앞으로 기적이 당도했다.

⁂

강서준은 미간을 구기며 일단 상황을 관망하고 있었다.

갑작스러운 플레이어의 등장.

그리고 정체 모를 NPC들의 모습.

여태 만나지 못했던 사람과의 재회의 기쁨보다도, 그들이 갖고 있는 미스터리가 그를 멈추게 만들었다.

무엇보다 강서준은 조심해야 했다.

'당장이라도 도와주고 싶지만 NPC들의 수준을 알지 못하면 오히려 내가 당한다.'

여긴 서울이 아니었다.

드림 사이드 1에서도 블랙 그라운드를 접경에 둔 최전선, 알론 제국의 도시 '카누비스'였다.

그곳에서 만난 NPC는 과연.

어쩌면 300레벨의 켈베로스 따위를 가뿐히 물리칠 정도의 강자일 수도 있었다.

그렇다면 난입은 위험한 짓이다.

'……그나저나 플레이어라.'

발목에 화살이 꽂히고 가까스로 버티는 학생이었다. 그가 입은 교복은 그의 기억 속에도 남아 있는 서울의 한 고등학교의 옷.

과연 이 사람은 어떻게 여기에 있을까.

혹시 플레이어들 중 드림 사이드로 난입한 경우가 또 있는 걸까?

하기야 강서준만이 특별하진 않을 것이다. 그가 이곳에 왔다면 또 다른 누군가 이곳으로 흘러들어 와도 이상하지 않았다.

'그렇다면 대체 얼마나…….'

강서준은 미간을 구기며 일단 생각을 접었다. 관련된 내용은 꾸준히 생각해 봐야겠지만 당장 중요한 건 이게 아니었다.

[스킬, '류안(S)'을 발동합니다.]

위에서 아래를 내려다본 결과, 골목 어귀에 소년을 포함한 NPC들의 숫자는 도합 15명이다.

다행히 수준은 높지 않았다.

얼추 200레벨?

물론 그조차 서울의 그 누구보다도 강했지만, 강서준에겐 대단히 다행스러운 일이었다.

'일단…… 오가닉, 라이칸, 로켓.'

강서준은 감투 속에서 숨어 있던 백귀들을 소환했다. 의사소통은 생각으로 통했기에 백귀들은 금세 수긍하며 원하는 위치에 자리를 잡았다.

그리고 타이밍을 조율했다.

'3, 2, 1…….'

마음속으로 0을 떠올린 순간.

[장비 '도깨비 왕의 반지'의 전용 스킬, '도깨비의 부름'을 발동합니다.]

강서준의 손끝에서 도깨비불이 화려하게 타올랐다. 동시에 사방에서 우후죽순 푸른 빛깔의 몬스터가 생성되고 있었다.

몬스터들이 일제히 포효했다.

"뭐, 뭐야?"

"몬스터? 이곳에 아직 몬스터가 남아 있다고?"

"리자드맨이 왜 여기서 나와?"

당황한 NPC들이었지만 그들의 수준으로는 가히 애들 장난에 불과했다. 물론 강서준도 저렙의 영혼들로 뭔가를 할 생각은 없었다.

'눈속임만으로도 충분해.'

강서준은 빠르게 아래로 떨어져 내리며 학생의 머리를 짓밟던 NPC의 등에 재앙의 유성검을 찔러 넣었다.

[칭호, '기습의 선수'를 발동합니다.]
[기습에 한하여 공격력의 2%가 증가합니다.]

"커흑……!"

아쉽게도 일격으로 죽이진 못했다.

레벨 200대 NPC는 강서준과 비등한 전투 실력을 가졌다고 보면 되는 이들.

강서준은 호흡을 길게 내뱉으며 이미 의식을 잃은 학생을 들쳐 멨다. 극성으로 발동한 초상비로 건물의 외벽을 번갈아 걷어차며 금세 옥상 위에 다다랐다.

"저놈도 플레이어다!"

"잡아!"

"젠장! 뭐야? 이 리자드맨들은!"

강서준은 위로 올라서자마자 그곳에서 대기하고 있던 로

켓의 등 위에 학생을 올려 태웠다.

그리고 로켓은 예정대로 빠르게 발을 굴려 전장을 벗어났다.

"빌어먹을…… 반드시 잡아!"

"쫓으라고! 쫓아! 젠장!"

이후로 NPC들도 건물을 박차고 올라왔지만, 그들이 로켓을 따라갈 틈은 없었다.

"크헉…… 뭐야? 이놈은!"

"도깨비야! 도깨비라고!"

[장비 '도깨비 왕의 감투'의 전용 스킬, '이매망량'을 발동합니다.]

한 마리의 도깨비가 된 그는 쫓아오는 NPC들을 향해 도리어 공격을 가했다.

초상비와 류안을 발동시켜 그를 쫓아 옥상으로 올라오려던 NPC들을 공략했다.

쿠구구궁!

또한 오가닉과 라이칸도 합을 맞추어 NPC들의 시야를 교란했다.

합을 많이 맞춰 본 적도 없는 데도 둘은 마치 한 몸이라도 된 듯 유기적으로 움직이고 있었다.

"한 놈이 아니야!"

"낙원에서 나온 건가?"

"……그분을 불러!"

요란스러움도 잠시.

레벨 200대의 NPC들은 금세 사태를 파악하고, 뭔가를 준비하기 시작했다.

눈살을 찌푸린 강서준은 그들의 마력이 기묘하게 뒤틀리는 걸 볼 수 있었다.

그리고 그 흐름은 익숙했다.

'저건 분명히 그때 그…….'

불현 듯 블랙 그라운드에서 켈베로스와 외눈박이 가고일이 소멸했던 장면이 떠올랐다.

그때도 저런 흐름을 가진 존재가 있었다.

츠츠츠츳.

입술을 잘근 깨문 강서준이 건물을 박차고 놈들에게 접근했다. 그를 막아서려는 놈들을 겨우 따돌릴 수야 있었지만.

츠으으읏!

─데이터를 발견했습니다.

그들에게 접근하기도 전에 그 사이로 동그란 구슬이 떠오르고 말았다.

─사용자 식별, '플레이어 케이'로 확인되었습니다.

숨이 막힐 듯한 긴장감 속에서 구슬 위로 메시지가 연달아 떠올랐다.

—식별 코드 0. 최우선 제거 목록에 등재되어 있습니다.

동그란 구슬이 서서히 눈을 뜨고 있었다. 그 속에 담긴 알 수 없는 감정이 소름이 끼칠 정도로 고스란히 강서준에게 향했다.

보는 것만으로도 숨이 잘려 나가는 기분이었다.

—플레이어 케이. 데이터를 삭제합니다.

눈앞으로 광선이 발사됐다.

❈❈

"적합자아……."

서늘한 공기가 감도는 도시였다.

폭삭 내려앉은 건물, 곳곳에 묻은 건 핏자국. 불어오는 바람 속에선 어딘가 썩은 내가 풍겨났다.

이루리는 침을 꼴깍 삼켰다.

"……언제 오는 거야. 적합자아!"

갈 길을 잃은 미아처럼 불안한 듯 몸을 떨던 그녀는 어디선가 들려오는 미약한 소리에 민감하게 반응했다.

쌍심지를 켜고 그쪽을 노려봤다.

"귀신이면 나오지 말고 사람이어도 나오지 마. 제발, 그냥 나오지 마라……."

다행히 그냥 바람 소리였나 보다.

이루리는 한참을 지나도 반응이 없는 도시의 정경을 노려보다 겨우 한숨을 덜어 냈다.

그리고 무책임하게 그녀를 이곳에 방치하고 떠난 적합자에 대한 원망이 급격하게 솟구쳤다.

"나 같은 미소녀를 이런 곳에 혼자 남겨 두고 가는 적합자가 세상에 어딨어?"

이건 무서운 게 아니다. 그냥 걱정이 많은 것이다. 험난한 세상에 홀로 남겨지는 것만큼 곤란한 것도 없으니까.

하물며 여긴 버젓이 B급 수준의 몬스터들이 돌아다니는 세계가 아닌가.

S급 파괴 스킬이 아니더라도 필요 이상의 데미지가 누적되면, 제아무리 그녀라도 충분히 위험했다.

아무렴.

무서운 게 아니라고.

타닷!

하지만 오만 가지 변명을 떠올린 게 무색할 정도로, 갑자기 들려온 인기척에 이루리는 화들짝 놀라 숨을 죽였다.

자라처럼 길게 뺀 목.

그녀의 시선은 걷잡을 수 없이 흔들렸다.

"……적합자야?"

대답은 없었다. 대신 묵직한 발걸음이 빠르게 이쪽으로 다가오고 있었다.

대단히 빨랐다.

"으아앗 하나님, 부처님, 옥황상제시여!"

그리고.

키잇?

속사포로 쏟아 낸 느닷없는 신앙고백 앞으로 쿵, 소리를 내며 등장한 건 다름 아닌 한 마리의 도마뱀이었다.

자이언트 혼 리자드, 로켓.

등짝에 피를 줄줄 흘리는 NPC를 업은 채로 다가온 로켓은, 벌벌 떨고 있는 이루리를 향해 고개를 갸웃했다.

뭐 하는 거지? 의문도 잠시.

로켓은 주인의 명령을 상기하며 이루리를 향해 자신의 등에 있는 NPC를 인계했다.

"아, 아…… 로켓이구나."

이루리는 괜히 멋쩍게 웃으면서 말했다.

"이번 일은 적합자에게 말하지 마. 너와 나만의 비밀이야. 알겠지?"

백귀는 주인과 영혼이 연결되어 생각을 항시 공유할 수 있다는 걸 까먹은 걸까.

로켓은 괜스레 투레질을 하며 머리를 흔들었다. 그 모습에 이루리는 일단 안도했다.

그리고 NPC를 살펴봤다.

"아이 같은데…… 흐음."

고등학생쯤 되어 보였다.

펜만 쥐어 봤을 손엔 굳은살이 박였고, 전신엔 숱한 상처가 아문 흔적이 여실했다.

평범한 학교생활이었다면 결코 가질 수 없는 흉터들.

문득 이루리는 깨달았다.

"……잠깐 이거 교복이잖아."

강서준 이외의 플레이어가 드림 사이드 1에도 있을 줄이야.

신기한 눈으로 아이를 살펴보던 이루리는 아이의 주머니에 번쩍이는 기계를 확인할 수 있었다.

스마트폰 같았다.

"뭐지?"

그곳에서 솟구친 빛이 점점 더 강렬해져 갔다.

놈은 여태껏 만나 본 적이 없는 형태의 몬스터였다.

'아니, 몬스터가 맞나?'

놈이 하는 말은 마치 시스템이 말하는 것 같았고, 움직임은 기계처럼 딱딱한 주제에 대단히 날렵했다.

놈을 굳이 무언가에 비유하자면.

'백스페이스나 잘라내기 가위가 자아를 갖춘 것 같아.'

그리고 목전에 나타난 놈이 무언가 결정을 내린 순간.

그의 눈앞으로 일말의 메시지가 먼저 그에게 위기를 알려
왔다.

[스킬, '위기 감지(A)'를 발동합니다.]

강서준은 생각을 이을 틈도 없이 몸을 내던졌다.

그가 선 자리를 기점으로 일직선.

건물이나 구조물 따위가 처음부터 아무것도 없었던 것처
럼 싹 사라진 것이다.

'역시 저 광선은 닿는 걸 모조리 소멸시키는 힘이 있구나.'

모르긴 몰라도 저 광선을 튕겨 내겠다고 재앙의 유성검을
들이밀어선 안 될 것이다.

검과 함께 지워질 테니까.

—사용자의 수준을 점검합니다.

—3, 2, 1…… 확인되었습니다.

—사용자의 수준에 맞추어 2단계로 조정합니다.

돌연 구슬에서 날개가 자라나고 그 크기가 전보다 더 커졌
다. 수박만 한 녀석이 금세 두 배가 되었다.

—데이터를 삭제합니다.

강서준은 이를 악물고 놈이 쏘아 내는 광선을 피해 냈다.
그나마 다행이라고 할 건 광선은 놈이 바라보는 방향으로만
쏘아진다는 것.

'시선만 미리 파악한다면 못 피할 것도 없다.'

지이이이잉!

강서준은 초상비를 발동하며 건물들을 뛰어넘었다. 이젠 NPC 따위를 신경 쓸 여유는 없었다.

무엇보다 그들조차 저 괴물을 피해서 어딘가로 멀리 도망가고 있었으니까.

'본인들이 불러 놓고……!'

강서준은 미간을 구기며 외벽을 밟아 빠르게 잔해를 넘었다.

'진짜 문제는 놈에 대한 정보가 전혀 없다는 건데…… 흐음.'

무작정 도망칠까 고민해 봤지만, 그는 일단 고개를 가로저었다.

'조금 위험하더라도 이참에 녀석에 대해서 파악해 두는 게 좋겠어.'

적을 알고 나를 알면 백전백승이랬다.

강서준은 두 눈을 금빛으로 물들이며 목전에 이른 광선을 재차 피해 냈다. 그의 착각이 아니라면 저놈의 광선은 점점 더 빨라지는 듯했다.

"……아직 전력도 아니라는 건가."

─사용자의 수준을 분석합니다. 3단계 모드 활성화의 조건을 만족시키지 못했습니다.

－2단계를 유지합니다.

강서준은 골목에 접어들며 일부러 바닥에 떨어져 있는 돌멩이를 주워 들었다.

그를 쫓아서 비행을 지속하던 놈을 바로 맞혔다.

스응.

"……닿는 것도 지우는구나."

백스페이스에 자아가 생겼다는 추측에 한 걸음 더 다가섰다. 빌어먹을. 근접 공격마저 안 통하는 것이다.

다음으로 강서준은 한 손에 불꽃을 소환해 냈다.

'마법은…….'

[스킬, '파이어볼(F)'을 발동합니다.]

허공을 가르고 날아간 불덩어리는 예상을 깨부수지 못하고 소멸했다. 강서준은 미간을 구기며 더욱 발을 빠르게 놀렸다.

'……씨알도 안 박히네.'

시간이 흐를수록 놈의 기세는 점점 올라갔다. 여태까지는 예열 과정이었을까? 점점 쏟아지는 광선의 주기도 짧아졌다.

게다가 3단계도 있는 듯했다.

'지금도 감당하기 버거운데, 그 이상은…….'

이윽고 용아병의 날개까지 기동한 강서준은 카누비스의

상공을 쏜살같이 주파했다.

날개가 돋아난 탓인지 놈도 엄청나게 빠른 속도로 강서준의 뒤를 쫓아왔다.

'공략법은 없을까? 아무리 봐도 단순한 몬스터는 아닌 것 같은데…….'

사실상 시스템의 기능에 가까웠다. 어쩌면 서비스가 종료된 세계를 지우기 위해 특별히 고안한 프로그램일지도 모른다.

레벨과 무관하겠지.

그렇다면 일개 플레이어, 일개 몬스터 따위가 저놈을 처치한다는 건 불가능에 가까운 일이었다.

'그래. 불가능에 가까울 뿐이야.'

공략법은 있을 것이다.

그가 어떻게 여기까지 왔는가.

시스템이 초기화시키려고 작정한 '로스트 던전'에서 '백도어'를 찾아내어, 드림 사이드 1로의 진입까지 해내지 않았던가.

시스템은 만능이 아니었다.

어디든 분명 '구멍'은 존재한다.

'어쩌면 이 세상에 완벽한 건 그 어디에도 없는 걸지도 모르지.'

아직 찾지 못했을 뿐이다.

강서준은 미간을 좁히며 카누비스의 상공을 휘저었다. 그 와중에도 끊임없이 머릿속에선 다양한 방법들이 교차했다.

공략법.

다름 아닌 시스템의 기능을 무력화시킬 특별한 공략법.

그는 더욱 속도를 올리며 카누비스에서도 높이 솟은 마탑으로 방향을 꺾었다.

반쯤은 무너진 마탑.

그곳에서 강서준은 아래층으로 향했다. 그리고 그곳으로 구슬이 뒤따라 들어오는 걸 확인했다.

'……지금!'

강서준은 미리 생각을 공유해 뒀던 오가닉과 라이칸에게 신호를 줬다.

사실 그들은 마탑의 곳곳을 미리 부숴 놓은 상태. 주춧돌만 몇 개 남겨 놓았다.

그중 남아 있던 한 기둥.

강서준은 그곳을 향해 '파이어 익스플로전'을 발동시켜, 폭발시켰다.

동시에 남아 있던 주춧돌이 연쇄적으로 무너지면서 그의 머리 위의 천장이 폭삭 내려앉을 조짐을 보였다.

[스킬, '류안(S)'을 발동합니다.]

낙석을 피해 곡예비행을 이은 강서준은 빠르게 마탑을 벗어났다.

과연 건물을 붕괴시켜 깔아뭉갠다는 계획은.

'……통했으려나.'

미간을 좁혀 마탑 내부에서 당당한 흐름을 유지하는 구슬에 주목했다. 여전히 무너지는 마탑 속에서도 멀쩡하게 날아오고 있었다.

하지만 강서준은 쾌재를 불렀다.

예상이 맞아떨어진 것이다.

'……지우는 데에 한계가 있구나.'

컴퓨터 프로그램에 비유한다면 단순한 문제였다. 지워야 할 용량이 많아질수록 삭제 프로그램은 그만큼 시간이 걸리는 법.

떨어지는 낙석을 모조리 지우면서 다가오려면 놈에게도 어느 정도 시간이 필요했다.

'공략할 수 있겠어.'

아쉽지만 무너지는 건물 따위로는 저놈을 막을 수 없었다. 더욱 많은 양의 데이터를 놈에게 집중시켜야만 했다.

그의 눈에 호수가 보인 건 그때였다.

'좋아. 죽기 아니면 까무러치기지.'

강서준은 날개를 접고 호수로 향했다. 그 뒤를 따라서 마탑을 벗어난 구슬이 맹렬하게 쫓아왔다.

몇 차례 광선이 호수를 직격해 구멍이 났다.

'용아병의 날개를 쓸 수 있는 건 앞으로 3분.'

강서준은 숨을 크게 들이마시고 호수로 첨벙 뛰어들었다. 다행히 그의 의도대로 구슬도 호수 속으로 쫓아 들어왔다.

'머리도 똑똑한 편이 아니야.'

강서준은 숨을 길게 참으며 더욱 속력을 높였다. 마력을 구동해서 발길질을 하니 물속에선 더욱 빠른 고속 이동이 가능했다.

['용아병의 날개'를 발동 중입니다.]

하물며 용아병의 날개는 조건 없이 10분간 비행을 시켜 준다는 특징을 가진 아이템.

설령 물속이라도 마치 하늘을 날 듯 날 수 있었다. 마력까지 사용했으니, 그 속도가 줄어들 이유는 없었다.

그렇게 얼마나 수면 아래를 주파했을까.

강서준은 금안을 빛내며 더더욱 느려진 구슬을 확인할 수 있었다.

아닌 게 아니라, 놈은 호수에 있는 모든 물을 소멸시키면서 다가오려 했기에 조금씩 그 움직임에 '렉'이 생겨나고 있었다.

'한 번에 몰아친다.'

강서준은 렉이 걸려 움직임이 한없이 느려진 구슬을 중심으로 빙빙 돌기 시작했다.

소용돌이가 생겨나고 물속에서도 흐름이 만들어져, 한 번에 구슬에게 쏟아지는 물의 양이 늘어났다.

머지않아 구슬은 완전히 움직임을 멈추고 말았다.

[장비, '용아병의 날개'가 해제되었습니다.]

강서준은 그사이 무릎까지 내려앉은 수면을 내려다보며 겨우 숨을 돌렸다. 물 먹은 구슬은 좀처럼 움직일 기미가 없었다.

하지만.

"……이걸로도 부족하구나."

구슬은 잠시 멈췄을 뿐이다.

조금씩 움직일 기미가 보이는 걸로 보아서 고작 이 정도로 죽을 놈은 아니었다.

'이쯤이면 됐다. 도망가야겠…….'

하지만 그때.

―상황을 분석합니다.

―3, 2, 1…… 완료되었습니다.

―상황에 따라 3단계로 조정합니다.

구슬의 몸이 위아래로 길게 늘어나고 있었다. 구슬이었던 부분은 얼굴이 되고, 그 아래로는 몸이 생겨났다.

거무튀튀한 인간형 구슬.

놈은 여전히 하나뿐인 눈을 뜨고서 천천히 몸을 일으켰다.

3단계로 진입한 덕일까.

물 먹어 느려졌던 속도가 점차 쾌적하게 변해 갔다.

강서준은 이를 악물고 파이어볼을 만들어 던졌다.

스으응.

"……넌 숨 고르기도 없냐."

변신하는 중엔 누구나 약해지는 게 드림 사이드만의 고유 특징인데.

이놈은 그조차 없다.

대체 약점이 뭐야?

그리고 이번엔 더더욱 놀랄 만한 일이 생겨났다.

─제법이구나. 플레이어.

3단계 형태.

인간의 모습으로 혹시나 하는 생각이 들었는데, 역시나 놈은 '지능'이 생겨난 듯했다.

놈은 천천히 입을 열었다.

─케이. 널 과소평가했군.

맹목적으로 광선만을 쏘아 내던 이전과는 다르게 꽤나 여유가 넘쳐 보였다.

강서준도 아예 도망친다는 생각 자체를 접어야 했다.

압도적인 힘의 차이.

적어도 저놈에게서 등을 내보인 순간 죽는다는 것만큼은

여실히 깨달을 수 있었다.

'소멸될 거야.'

강서준은 입술을 짓씹었다.

"……넌 대체 누구지?"

놈은 여전히 느긋한 어조로 말했다.

—나는 조정하는 자. 악성 프로그램을 단죄하고 꼬여 버린 찌꺼기를 정리하도록 만들어진 존재.

놈은 천천히 손을 앞으로 뻗었다. 그곳에서부터 생성된 기묘한 흐름은 익히 알던 것이었다.

피할 수 있을까?

수만 가지 회피법을 떠올렸지만 망망대해에 갇힌 것처럼 길은 보이지 않았다.

놈도 그걸 알았는지 씨익 웃으면서 말을 이었다.

—나는 이 세계의 백.

그때였다.

타아앙!

창졸간에 나타난 무언가가, 닿기만 해도 소멸되던 놈의 목덜미에 콱 꽂혀 들어간 것은.

[연결 중입니다.]

[연결 중입니다.]
[연결 중입니다.]

　폐허가 된 도시를 내려다보며 미간을 구기고 있는 남자가 있었다.
　"아직 답신이 없어?"
　"네…… 한 번 더 해 보겠습니다."
　남자는 고요해야 마땅한 몰락한 도시에서 들려오는 폭음에 입술을 몇 번이나 짓씹었다.
　예상하지 못한 일이었다.
　광신도가 그들보다 한 걸음 더 빨리 '플레이어의 접속 시그널'을 알아차렸고.
　그로 인해 안내자로 붙여 둔 플레이어들이 불의의 습격을 당해 뿔뿔이 흩어지게 될 줄이야.
　"괜찮을 겁니다. 그 녀석…… 바람의 정령을 다루잖아요. 도망치는 건 누구보다 잘합니다."
　"그야 그렇지만……."
　"게다가 나이는 어려도 이곳 짬밥은 우리보다 길잖아요? 너무 걱정하지 마세요."
　하지만 남자의 미간은 좀처럼 펴지질 않았다.
　왜냐면 광신도에게 쫓기고 있는 '김시후'가 무사히 도망쳤다면 그들의 연락을 씹을 일은 없을 터였고.

폐허가 된 도시에서 폭음이 계속 들려올 이유도 없었다.

'그나마 다행인 건 GPS 신호는 폭음과 반대 방향이란 건데…….'

남자는 일행을 돌아보며 말했다.

"얼른 쫓읍시다. GPS 신호가 멈춘 걸 보면 아무래도 숨어 있는 것 같으니까."

그렇게 GPS 신호를 따라서 근방을 수색하던 일행은 오래 걸리지 않아 일련의 무리를 발견할 수 있었다.

한데 문제가 있었다.

"……몬스터? 리자드맨?"

잔뜩 경계성을 토해 내며 노려보는 한 마리의 커다란 도마뱀과, 그 곁을 지키는 신원 불명의 여자.

복장과 외모만 봐선 '한국인'이 분명했다. 혹시 최근에 이 근방에 떨어진 '플레이어'인 걸까?

그녀가 말했다.

"당신들 뭐야?"

"……그러는 당신이야말로."

남자는 리자드맨의 등에 피로 칠갑한 채로 쓰러진 김시후를 발견했다. 살아 있는지도 확인하기 어려운 몰골이었다.

"그 아이…… 살아 있습니까?"

"아, 얘 동료야?"

"그렇습니다."

"그렇단 말이지. 로켓아. 괜찮은 것 같아."

여자가 도마뱀의 머리를 쓰다듬자, 신기하게도 몬스터는 알아들었는지 고개를 끄덕였다.

그리고 꼬리를 내리면서 몸도 같이 낮췄다.

여자가 말했다.

"뭐 해? 안 데려가?"

"아."

남자는 빠르게 다가가 김시후부터 받아 들었다. 다행히 피가 난 상처는 전부 자잘한 것들이었다.

이 정도면 포션 치료로도 충분히 효과를 볼 수 있었다.

남자는 김시후를 동료들에게 넘긴 뒤, 조심스레 여자를 향해 물었다.

"당신이 최근에 이 근처로 접속한 플레이어입니까?"

"응?"

"반갑습니다. 전 이곳에서 수색 및 탐사를 담당한 나한."

"잠깐."

여자는 말을 끊더니 사람들을 돌아봤다. 그리고 조금 심각한 얼굴로 그들에게 말했다.

"그보다 도와줘야 할 게 있어."

"……?"

"지금 이 도마뱀 표정을 봐. 똥줄이 길게 탄 얼굴이지 않아?"

"……네?"

여자는 단도직입적으로 말했다.

"인사는 나중에. 우선 날 도와줘야겠어. 그러면 너희들이 찾는 '최근에 접속한 플레이어'에게도 안내해 줄 테니."

"……그게 무슨."

"내 이름은 이루리. 보이는 것처럼 거짓말 따위 할 줄 모른다고."

그러더니 여자, 아니 이루리는 로켓의 등에 훌쩍 올라탔다. 도마뱀은 잔해들을 밟고 재빠르게 움직였다.

조금 앞서 나간 그녀는 잠시 멈춰 서서 뒤돌아보더니 말했다.

"빨리 와. 급하니까."

남자는 일단 그 뒤를 쫓기로 했다.

✦✦✦

쿠우웅!

콰앙!

쿠아아앙!

그리고 현재.

폐허가 된 도시에서 묘한 느낌을 자아내는 소녀, '이루리'를 따라 이동한 남자는 호수를 앞두고 있었다.

그들은 약간 벙한 표정을 지었다.

"⋯⋯방금 봤어?"

"응. 분명 2단계였어."

"어떻게 2단계가 등장했지?"

남자도 뭐라 말을 잇지 못하고 헛웃음을 흘렸다. 대관절 저 사내가 누구이기에 '2단계'로 그 수준이 격상된 걸까.

'2단계는 자고로 레벨 400대부터 등장하는 개체인데.'

그사이 물속으로 첨벙 뛰어든 사내와 2단계 모드로 접어든 그놈의 모습이 보였다.

그 후로 벌어진 일은 더욱 터무니없었다.

"⋯⋯저런 고전적인 방법이 통하다니."

"하긴 메커니즘은 비슷해."

솔직히 감탄스러울 정도였다.

데이터를 소멸시키는 개체를 공략하는 방법은 그보다 더 많은 데이터를 주입시켜 '과부하'를 거는 것뿐.

그걸 공식화해서 무기로 바꾼 게 최근 드림 사이드에 전입한 플레이어들의 가장 큰 전적이었다.

하지만 저 사내는.

'아마도 가장 최근에 접속한 플레이어겠지.'

수많은 플레이어가 머리를 맞대어 겨우 만들어 낸 공략법을 그는 단 며칠 만에 떠올린 것이다.

"허⋯⋯ 결국 통했군."

누군가가 헛바람을 내며 수위가 잔뜩 줄어든 호수를 내려 다봤다. 물 먹은 구슬은 더 이상 움직이질 못했다.

　'과부하 직전'이라는 증거!

　남자는 미간을 구기며 사태를 관망했다. 고전적인 방법이 통해서 신기했지만 사태가 끝난 것 같질 않은 것이다.

　"어? 어어? 저거 설마!"

　"……3단계라고?"

　구슬이 점차 형상을 갖추고 인간의 모습을 했다. 저놈이 3단계의 모습을 갖춘다는 건 그만큼 진심이라는 뜻이었다.

　또한 상대를 그만한 괴물로 인식했다는 증거였다.

　'용을 상대로 해야 겨우 3단계에 진입하던 놈인데…… 도대체 저 남자는 누구지?'

　그때 놈이 말했다.

　ー케이. 널 과소평가했군.

　순간 숨이 막히는 줄 알았다.

　남자는 눈을 부릅뜨고 플레이어로 추정되는 사내를 눈여겨봤다. 저 복장, 저 얼굴…… 그래, 틀림없다.

　'직접 본 적은 없지만 확실해. 들었던 정보 그대로야.'

　거기까지 생각하니 모든 순간들이 쉽게 납득이 되었다.

　2단계? 3단계?

　케이를 상대하려면 확실히 그 수준은 격상될 법했다.

　남자는 인벤토리에서 기다란 총을 꺼내었다. 3단계로 변한 녀석이 손을 앞으로 내뻗는 순간이었다.

　－나는 조정하는 자. 악성 프로그램을 단죄하고 꼬여 버린 찌꺼기를 정리하도록 만들어진 존재.

　남자는 바로 특수 탄환을 장전하며 전투를 준비했다.

　자칫 잘못하면 그를 포함한 모든 플레이어가 사살당하는 건 순식간일 테지만 망설임은 없었다.

　왜냐면 그는.

　'그만한 가치가 있으니까.'

　남자는 빠르게 호수를 향해 내달렸다. 그 뒤를 따라 플레이어들도 각자 총알을 장전해서 남자의 뒤를 쫓았다.

　말하지 않아도 남자의 의도를 다들 알고 있는 눈치였다.

　－나는 이 세계의 백.

　더 길게 들어 줄 것도 없지.

　타앙!

　창졸간에 쏘아 낸 그의 총알이 놈의 머리를 저격했다. 하지만 총알은 닿기도 전에 소멸했다.

　'역시 안 통하네. 다음은…….'

　놈이 느릿하게 그를 노려보고 있었다. 진득한 살기가 묻어 나기에 소름이 끼쳤지만 플레이어들의 사격은 이제 시작이었다.

　타타타탕!

　남자도 다시 장전했다.

상위0.001%
랭커의귀환

타아앙!

이번엔 효과가 조금 있었다. 남자는 그 미세한 변화를 확인하고 빠르게 총알을 재장전했다.

—너, 너, 너, 너는 누, 누구, 누구냐, 가, 가감, 감히, 이, 이, 이런, 이런, 이런 걸 만들.

놈의 눈동자가 세차게 흔들리고 온몸이 터질 듯이 부풀어 올랐다. 모든 걸 소멸시키는 무소불위의 힘을 가진 놈의 최후라기엔 가히 기괴했다.

남자는 무심하게 내려다보면서 말했다.

"시끄러워. 백신 새끼야."

타아앙!

쏟아진 총알과 함께 백신은 그대로 눈앞에서 소멸했다. 그가 가진 특수 탄환의 특별한 힘이었다.

남자는 참았던 숨을 토해 내며 뒤를 돌아봤다.

그를 바라보고 있는 '케이'가 그곳에 있었다.

"······강서준 씨?"

"네?"

"반갑습니다. 여기서 이렇게 만나 뵙게 되는군요."

강서준은 남자를 보며 미간을 좁혔다. 하지만 그가 남자를 알아볼 수 있을 리가 없었다.

왜냐면 그들은 오늘 처음 만났으니까.

강서준이 물었다.

"절 아십니까?"

"물론이죠. 케이시잖아요."

"그건 어떻게……."

"유명하잖아요?"

그러더니 남자는 손을 앞으로 내밀면서 말했다.

"전 아크의 정보부 소속 대위 '나한석'이라고 합니다."

대위 나한석.

얼굴 한 번 본 적은 없지만 들어 본 적은 있는 이름이었다.

강서준은 지상수의 말을 상기하며 나한석과 시선을 마주했다.

'분명 로테월드에서 실종된 김강렬 대위를 찾아 달라는 의뢰를 맡긴 사람이었지?'

그게 전부가 아니었다.

롤백된 로테월드에서 만났던 아크의 또 다른 구조 팀. 그들의 대표가 바로 '나한석 대위'였다.

"근데 당신이 어떻게 여기에 있습니까? 어쩌다가……."

"말하자면 깁니다."

그러면서 나한석은 주변을 살피더니 스마트폰을 꺼내어 뭔가를 확인했다.

"광신도들이 돌아오고 있어요. 여기서 얘기를 나눌 여유는 없겠군요. 일단 같이 이동하시겠습니까?"

강서준은 두말할 것도 없이 고개를 끄덕였다. 모르는 사람이라고 해도 일단 따라갈 생각인데, 아는 사람이니 더욱 마음은 편했다.

"저희들의 도시로 모시겠습니다."

"……도시가 남아 있습니까?"

"드림 사이드 1에 있는 또 다른 아크라고 할까요. 그곳으로 가면 이곳보다는 안전할 겁니다."

나한석은 카누비스의 동쪽, 블랙 그라운드 쪽으로 방향을 잡았다.

그곳을 빠져나온 지 얼마 되지 않은 강서준의 입장에선 약간 기함을 토할 일이었으나, 딱히 투정은 부리지 않았다.

결국 강서준은 블랙 그라운드의 앞에 다시 다다를 수 있었다.

이루리가 낮게 중얼거렸다.

"적합자…… 나는 데자뷔를 느끼고 있어."

"조용히 해."

어쨌든 저들이 저토록 당당히 블랙 그라운드로 걸어가는 데엔 그만한 이유가 있을 것이다.

적어도 이들은 강서준보다 섭종한 세계에서 더 오랫동안 살아온 사람들이니까.

경험자들의 말은 무시하는 게 아니다.

예상대로 이들은 재난으로부터 완전히 안전할 수 있는 방법을 이미 구비해 둔 상태였다.

"잘 따라오세요. 그리고 기억해 두시길. 앞으로 자주 이용할지도 모르니까요."

블랙 그라운드에서도 끝자락.

정확하게 알론 제국의 변경과 맞닿는 접경. 나한석은 그 애매한 지점을 따라 걸었다.

"재난이 많지 않은 변경엔 몬스터가 없습니다. 아무렴 백신을 피해서 재난 속에 숨은 놈들이니까요."

강서준은 고개를 끄덕이며 긍정했다.

실제로 그는 블랙 그라운드를 벗어난 이후로 단 한 마리의 몬스터도 만나지 못했다.

초고레벨 몬스터를 만날까 전전긍긍했던 나날이 허무할 정도로 말이다.

결국 몬스터는 블랙 그라운드를 빠져나오질 못하는 것이다.

나한석은 쓸쓸하게 말했다.

"아마 이곳 블랙 그라운드에 남은 몬스터가 드림 사이드 1에서 생존한 유일한 개체일 겁니다. 그 이외의 구역에선 더는 몬스터를 찾을 수 없으니까요."

그 많던 몬스터가 어디로 갔을까.

구태여 물어볼 것도 없었다.

답은 그도 잘 알고 있었다.

"그나저나 광신도는 뭡니까?"

"아, 그 NPC들 말이죠."

"네. 제가 보기엔 그들이 플레이어를 공격하는 데엔 모종의 이유가 있는 듯했는데요."

나한석은 어깨를 으쓱이며 답했다.

"불쌍한 자들입니다."

"네?"

"세계로부터 버려진 자들이니까요."

광신도.

드림 사이드 1에 남은 NPC들 중에서도 생존을 위해서 시스템에 굴복한 이들.

그들의 행동 원칙은 하나였다.

"그들은 그저 살기 위해서 발버둥 치고 있는 겁니다. 플레이어를 시스템에게 바쳐서 목숨을 구걸하는 거죠."

누가 시작한 일인지는 잘 모른다.

하지만 NPC들은 플레이어를 잡아서 백신에게 넘겨주는 일을 수행한다. 그리하면 시스템이 그들을 살려 줄 거라고 굳건히 믿는다는 것이다.

나한석이 몇 번 설득해 보려 했지만 영 소득은 없었다고 했다.

"강서준 씨도 놈들을 만나면 조심해요. 특히 구슬을 소환하기 전에 쓰러트리는 게 최고죠."

그리고 걸음을 멈춘 나한석은 일단 한숨을 돌리고 강서준을 바라봤다.

"그럼 바로 도시로 이동하겠습니다."

"……여기서요?"

"네."

하지만 블랙 그라운드의 접경을 따라 도달한 그곳은 멀리 수평선이 펼쳐진 바다만이 보이는 절벽.

세상의 끝.

드림 사이드의 동쪽 끝에 있는 이 바다였다. 대체 '도시'랄 만한 건 어디에 있단 말인가.

나한석은 허공을 향해 한 걸음 내디디면서 말했다.

"9와 4분의 3번 승강장을 아십니까?"

"네?"

"그곳에서 뵙겠습니다."

나한석이 눈앞에서 사라졌다.

다음 권으로 이어집니다